Ascenseur pour L'échafaud

通往死刑台的電梯 [redacted]

諾艾爾・卡列夫
Noël Calef [redacted]

諾艾爾・卡列夫 *Noël Calef*（西元一九〇七至一九六八年）｜生於保加利亞，原名尼西姆・卡萊夫（Nissim Calef），二戰時期曾逃亡法國遭逮捕並驅逐至義大利。而後重返法國，以 Noël Calef 之名出版二十餘冊小說，持續在電影界擔任編劇，最聞名為其黑色、偵探懸疑小說，多部被改編為電影與影集。本書於法國電影新浪潮運動時期，由初出茅廬的路易・馬盧（Louis Malle）改編為《死刑台與電梯》，一鳴驚人。

譯者｜陳郁雯｜法語譯者，老片愛好者。翻譯領域包含人文及社會科學、文學及繪本類等。譯有《貓的痴情辭典》（南方家園出版）、《小男人與神》（重版文化）、《平等的反思》（衛城出版）等書。

Ascenseur
pour
L'échafaud

通往
死刑台
的
電梯

01 第一章

突然之間，同一時刻，所有路燈都亮了起來。不過天色還很明亮，路燈射出的光線消失在剛才一陣夾冰帶雪的驟雨洗過的瀝青路面上方。人們趕著前往大百貨商場。一間間房子向外大大的開著窗：人人都在享受週六午後時光，有些人則出發到鄉間度過週末。

儘管如此，有些辦公室還在工作。這裡一扇、那裡一扇，市中心的大樓上處處有窗子發著光。優馬—標準大廈（Uma-Standard）有好幾層樓就是如此。這棟大廈散發強烈的現代主義風格，矗立在奧斯曼大道旁。

在一面有著十字窗框、微開的窗戶後頭，一個男人和一個女人面對面坐著。男的坐在他金屬製書桌後的辦公椅上，女的膝上擱著她的速記本，等候著遲遲未聽見的信件的下文。

男人垮著下巴。他深深陷入自己的思緒，他正試著想像未來，想在那裡覓得一絲希望的微光。他眼中已看不見僅在一公尺外的祕書。

反射性的，他看了一下時間。「已經第十次了，」她在心裡想著：「我真的很不喜歡他嘴邊那條細紋。」突然，她覺得自己發現真相了：「他愛上我了！」想到這裡她聳了一下肩膀。不可能的。他太愛他的妻子了。玩一玩，倒有可能……為了把事情搞清楚，她輕輕撩起裙子，露出膝蓋以下的小腿。男人沒有制止她。

空氣中充塞著一種無意識的聲氣相通，混合著初春淡淡的慵懶。在昏暗與表面上的無聲之中，當尖銳的電話聲劃破空氣，他倆同時驚跳而起。男人的動作太大，甚至撞到了辦公桌。鈴聲再次震響。他有些惱怒地比了一個手勢：「德妮絲（Denise），妳來處理。」

她站起身來，拎起話筒：「EXIM，朱利安．庫爾托瓦（Julien Courtois）進出口公司您好。庫爾托瓦先生嗎？我不太確定他在不在，請您稍候一下，太太。」

她用手掌蓋住話筒，用唇語無聲地傳達：「是您夫人。」他向後縮了一下，然後伸出手：「喂，怎麼了？喔……妳真貼心。我很好……啊？妳怎麼會這樣想……我在工作，我不是跟妳說過了……沒那回事……我好得很……」

他打住話頭，讓他太太說話，話筒那端傳來難以辨認的反駁聲。接著他的聲音高了起來：「不可以。有什麼好確認的？妳以為我們沒辦法去英國一個星期是因為我有……」

他轉向德妮絲，彷彿想讓她來作證。他喉頭一乾：重新坐下的時候，她把腳翹了起來。她輕輕笑了一下。

「我說不行！」他對著話筒大吼，眼睛還是直勾勾地盯著祕書的雙腿。聽筒裡傳出尖銳的叫罵聲，清晰可聞。他把聽筒移開耳邊，對德妮絲露出勉強的笑容。

「完全沒這回事，珍妮薇芙（Geneviév）。妳打電話來是想確認我在不在是嗎？那好……妳看到了吧？……我在辦公室啊！」

他一邊說話，一邊留意祕書的一舉一動。她帶著嘲諷意味挑起的眉毛令他感到困窘。他太太的嗓門高到他一直無法靠近聽筒。有個外人在這裡令他感到不太自在。他望著德妮絲想：說不定她會理解我的心思，自己躲到一邊去？結果事與願違。她一點也沒有要注意他的意思，而是全心全意調正她的絲襪。

一股龐大的倦意滲進朱利安．庫爾托瓦的身體。他根本不在乎德妮絲，但是他極為渴望拋下一切，拋下電話、各種計畫與煩心事，只為和她一起消失，在她懷中忘記一切，就算只是一小時也好……只需要一小時事情就能處理好了……從電話線的另一端傳來一個問題，他這麼回答：「沒問題。好。」

接著是一長串纏在一起的字句，然後稍停片刻，傳來清清楚楚的幾個字：「你愛我嗎？」

德妮絲轉過身來。就連她都聽見了。

「呃……當然了……」

「不行，朱利安，你要說出來。說出來。」

朱利安手足無措。祕書假裝望著其他地方。朱利安火冒三丈。

「珍妮薇芙，拜託好不好！現在不適合。」

「你旁邊有人？」

「沒有。好了。妳沒聽懂嗎？……嗄？我再說一次，我很冷靜。沒有。我要到七點才能回家。晚點……我六點半有一個非常重要的會。就這件事。妳可以待會再打給我，看看我有沒有動一步！」

他猛力掛上電話。德妮絲裝出一副無辜的表情，但還是沒把裙子拉好。

「可憐的德妮絲，妳千萬別結婚，」他擠出一絲苦笑這麼說。「唉……我們剛才說到哪裡？」

「各位先生……」

「是了……沒錯……各位先生……貴社來函……」

他把手腕舉到眼前，看看腕錶上的時間。德妮絲在紙張一角寫上一個「II」再繞上一個圓圈。

「貴社來函，」她複述了一次。

「……已於……妳把日期填上去。」

「什麼日期啊，老闆？」

她語帶嘲弄，但他已經沒有在聽她說話。他咳了兩聲，轉身看窗外。外頭天清氣朗，是明亮的四月初傍晚。他又看了一次手錶。

「老闆，您剛才說要口授信件的時候，我記得您是想請對方寄一份型錄過來。」

「隨便……」

他伸長耳朵。大樓裡漸漸響起壓低的笑聲、急促的腳步聲，只是隔著距離與牆板，顯得有些模糊不清。週六下午來工作的人準備下班了。既然都到這個時間，德妮絲也受不了這位老闆了，已經五點半，他還沒辦法完成這封信。

「今天還有別的事嗎，老闆？」

朱利安．庫爾托瓦突然站了起來，椅子差點翻倒。

「啊？呃……有，請妳把信打好。」

他走向窗前，用力呼吸著，彷彿一直無法將空氣吸進肺裡一般。

「可是老闆，現在都快六點了，」德妮絲抗議。

他半轉過身子來，試著擠出笑容：「我知道、我知道。但是德妮絲，我得拜託妳等到六點半再走。」

她想說些什麼，他比了一個手勢阻止她。

「別生我的氣，小乖乖。我有非常重要的事要準備……一筆大生意。我會把筆記給妳，妳就可以在週一早上我來之前把它們繕打好。」

這位小姐看起來非常難過。他假惺惺得像長輩一般把手放在她的肩上，繼續說：「不會很久的……到六點二十就好，可以吧！妳在六點二十整打對講機進來給我，我就放妳自由。明白嗎？」

他的聲音聽來十分溫暖，牙齒白得發亮。他頗有些魅力，他自己很清楚，也懂得善加利用。德妮絲低下頭，帶著微微不悅的表情朝門口走去。她把手放在電燈開關上：「要不要我幫您開燈？」

「不用了，這樣就好。我要想事情。」

「好的老闆。」

就在她要走出去的當口，他叫住了她：「德妮絲！請妳幫我看著，不管什麼事都別來打擾我。」

「那……要是庫爾托瓦太太打來呢？」

「妳就告訴她……說我正在接待一位客戶沒空。六點半以前都不可以……」

「是六點二十！」

「對，六點二十。謝謝妳！」

她走出房間，留下朱利安獨自一人。

在層層隔間牆以外，笑聲、叫喊聲、來來去去的人們盡皆如常。他點了幾下頭，表情看似滿意，五官卻仍是緊繃的。牆上的電鐘顯示現在是五點四十三分。他對了對腕錶上的時間，舔了舔乾燥的嘴唇。然後他走向辦公桌旁的壁龕，洗了洗手並仔細擦乾。他從放乾淨布巾的櫥櫃裡拿了一條手帕，把胸前的口袋巾給換掉。他的額頭冒出粒粒珠汗。

回到辦公桌前，他拉開中間的抽屜，取出一本新的支票簿和幾頁備忘錄，標題寫著——

巴黎近郊石油精煉廠設置計畫

他把這幾張紙摺起來，塞進西裝外套的內袋裡。他大力地呼吸空氣，卻沒什麼幫助。焦慮阻礙了氣管的暢通。

「再怎麼樣我也要完成這件事！」他咬緊牙關對自己小聲的說。

時間只過了兩分鐘。他靜悄悄走向通往德妮絲使用打字機的小房間那扇門，輕輕打開一道小縫。

他的祕書在電話上說著悄悄話：「……想不到吧！六點二十分，一秒不差，我就走人。我不知道他今天吃錯什麼藥。一直到五點我都在讀東西，後來他開始口授一封信，又沒講完。他一直坐不住……沒錯！完全沒用！我的腿也沒用耶！通常他都會偷瞄，很好笑。沒有，我覺得他上鉤了。」

朱利安眼中閃爍著滿意的光芒。德妮絲繼續講電話，她覺得房裡沒別人，便把雙腿抬起來擱在桌緣。

「還不錯啦……個子夠高……五官端正。懂了吧？但他的眼睛妳就不懂了。有那種眼睛，沒有什麼要不到的東西。」

他貼近門縫，想再聽清楚一點。他顴骨旁的肌肉抽搐了一下。

「這話我只跟妳說，他這個人不勾搭女人不行的！可是他又很寵他老婆。就是個纏人精啊，但她才是有錢的那個。就算她沒錢，她哥一定有……欸妳知道怎樣嗎？每五分鐘就要打電話來煩你一次：你愛我嗎？再跟我說一次……妳看過這種人吧？妳說什麼？……當然啊，他很花。雖然如此，若是妳問我，要不是我有阿保（Paulot）了，我也願意為他暈一次啊……」

躲在門後的朱利安似乎聽得頗為享受，每聽完一句話便很快晃一下頭。

「總而言之，今晚這條魚肯定是認真的。他看了時鐘十一次。他還跟他老婆說他六點半約了人要『談生意』……」

朱利安輕輕關上門，德妮絲還在絮絮叨叨。現在是五點四十八分。再等一下，他猶豫了。他再次拿出那本支票簿以及那份關於精煉廠的文件，瞪大眼睛盯著，嘴巴微開。他全身緊繃，將一把自動手槍從抽屜裡拿出來，卻又發著抖把武器放回原位，結結巴巴地低聲說：「不。有可能成也有可能不成，可是……」

他深深吸進一口氣。空氣終於漲滿他的胸膛。

「一定要行得通！」他下定決心。

他朝窗邊走去，將腿跨出窗緣。

譯註1——保羅的暱稱。

02 第二章

他不該看向十二層樓底下的馬路的。一股暈眩感攫住了他。汽車的大燈朝四面八方衝去，劃破了黑夜。點起的路燈像為人行道掛上一串珍珠項鍊。五顏六色的廣告燈飾所散發的光暈撲向高處的他。他抵抗著虛空的吸引力，緊咬牙關，強迫自己將另一隻腳也跨出窗緣。

他雙手緊抓，以腳尖找到大樓立面上窄窄的凸起處。他慢慢讓自己站直，一步一步沿著外牆前進。好幾天前他就看好了路線。他以十個指頭緊扣住一個小小的簷口。左腳先移動幾公分，右腳再跟進，然後再重頭來過。他必須這樣前進三公尺。當他終於抵達隔壁窗口時，全身已止不住顫抖。他推開窗戶，跳進房間裡。

那是一間相當寬敞、無人使用的房間，才剛新漆成淺綠色。鑲木地板上沾著點點灰泥，堆滿一桶桶油漆，被一層薄薄的白灰所掩蓋。朱利安踮著腳尖走到嵌著玻璃的門前，透過那片玻璃可以看到一串反過來的還沒寫完的字：私人空……

突然間他身體縮了一下，彷彿突然想起一件小事。他一隻手微微發抖，伸進西裝外套內側，又伸進褲子口袋，尋找一雙他剛才塞進去的薄手套。他轉頭往回走，花了好一段時間擦拭他剛才碰過的那個窗柄。基於同樣的警戒心，他再次走向那扇嵌著玻璃的門，在一塊攤在地上的擦鞋墊上使勁把鞋底刮乾淨。

他戴上手套，緩緩壓下門把。明亮的走廊上空無一人。朱利安已經重新控制住自己的神經，平心靜氣走出房間，一邊關上身後的門。一個人影也沒有。他放鬆地歎了一口氣，神經隨之鬆弛下來。他向前走了幾步。四面八方，零零星星的談話聲傳入他耳中。

「試試我的口紅，妳等一下就知道了，效果好到不行。」

「小咕咕，妳漏針了……」

朱利安．庫爾托瓦沒有停下腳步。這些年輕小姐們真是迷人。但下回再說吧。他加快腳步。還是一個人影也沒有。一切照著預想的計畫走。走廊轉了個直角。他繼續順著走廊前進。大樓這一側的燈光比較暗。這側的辦公室都是以單間出租。幾乎每一間週六都沒有營業，除了走廊底，一扇門上頭懸著一顆燈泡，門上寫著：薄格利（Bordgris），抵押借款。朱利安冷笑了一下，脫下手套塞進口袋裡，沒敲門就走了進去。

伏在案前、看不出年紀的禿頭男人抬起頭。他又扁又乾的嘴唇上帶著一抹難看的微笑。

「哎啊！庫爾托瓦，可把你盼來了！」

「你好啊，薄格利，」朱利安一邊推開門一邊說。

放高利貸的男人沒有起身，只是笑容更深了：「不可置信！你週六下午還工作？這個時間？」

「你也是啊。」

「我嘛，我不一樣。如果這棟破大樓週日也開放，就是主日我也照常上工！我熱愛我的工作嘛！」

「愛錢直說就好！」

「那你呢？」

「我也愛錢，」朱利安讓步了：「不過方式完全不同……」

薄格利有點緊張，拿出手帕擦拭他出汗的雙手。他蒼白又不討喜的聲音再次上揚：「我錯看你了，庫爾托瓦。」

「怎麼說？」

對方向後一屁股坐進扶手椅，以便好好觀察他說的話所造成的效果：「我把你當成一個缺錢的商人看，老實程度不會比那些瀕臨破產的小奸商的平均水準更好，而且成天只想著泡妞……」

朱利安勉強自己大笑幾聲：「那麼哪一點讓你覺得我變嚴肅了？」

「你出現在我眼前。」

訪客露出驚訝的表情：「莫非今天是到期日？」

「你什麼時候關心過你的到期日？再說按法律規定，你的期限到今天午夜，更好的是，遇到週末讓你可以暫緩到週一早上！」
「誰跟你說我需要暫緩的？」
債權人的表情凝住了：「你手上有錢？」
「沒有。」
嘲諷的笑容再度浮現。
「我想也是……所以你想怎麼樣？延期？沒用的。庫爾托瓦，我在生意上是很講規矩的。」
「你要求的利息就不是了！」
「你來這裡借錢的時候心裡就有數了。」
「有數歸有數。四百萬現金換一張五百萬的匯票，你有點超過了吧。」
「可憐的小白兔！借這筆錢的時候都還未成年呢！滿會說笑話的嘛，老兄。我借你錢的時候可沒陰你。錢是很珍貴的。我們是冒著風險的。如果週一早上九點沒把這張匯票付清，我就去申請拒付證書。」

「不用那麼麻煩，因為我現在就可以簽一張支票給你。」

薄格利睜大雙眼，滿是訝異：「一張支票？」

「對，一張支票。你知道支票是什麼吧？」

「別鬧了，庫爾托瓦，」高利貸業者低聲怒道：「別拿五百萬來開玩笑。你給我簽一張支票，我就把匯票收著，收到你兌現為止？這樣做你有什麼好處？」

朱利安聳聳肩膀，身體靠到桌子上說：「如果支票跳票，你就去申請拒付證書，然後去告我……」

薄格利蹙著眉頭，想著陷阱在哪裡。他想不通。

「是沒錯。」他表示同意，審慎思考著。

為了爭取些時間，他轉起屁股底下的椅子，轉向放在身後的保險箱，心不在焉地轉起密碼鎖。厚重的箱門發出扣鎖鬆開的喀噠聲，打了開來。越過薄格利的肩膀，朱利安立刻辨認出一把左輪手槍，它被放在一個隔層裡，當成紙鎮用。高利貸業者抓起用橡皮筋束起的一札文件，從中抽出那張匯票。

薄格利任保險箱開著，回過身來。匯票平放在桌上，他一隻手壓在上頭，一隻眼盯著朱利安，帶著不信任的語氣重複了一次：「是沒錯……」他歎了一口氣，彷彿要和這張匯票分開讓他很難受：「那麼你給我一張五百萬的支票，我就把你的票還給你。」

朱利安把手伸進口袋。

「等一下，」薄格利再度開口，語帶威脅：「如果週一銀行不讓我兌現這張支票，我向你保證，我會馬上控告你跳票。醜話可是說在前頭了啊！」

「為什麼你就這麼死心塌地相信我有這麼笨，明明知道你想都不想就會送我進監獄，還要簽一張不能兌現的支票給你？拜託你動動腦吧！」

「我動了，但我完全搞不懂。這筆錢已經存在銀行裡了嗎？」

「我可沒這麼說。」

「啊！這下好了！」

「欸，聽起來你很高興嘛！你不想要你的錢嗎？」

「當然、當然。只不過，我也很想把 EXIM 弄到手。」

「你要 EXIM 做什麼？這是間貿易公司，又不是高利貸屋。」

「我需要個新門面。有點燙手了，咱們這兒。」

他們默默互望了一會兒，僵硬的笑容掛在唇邊，兩個人都在猜測對方想用什麼方式掐住自己。薄格利渾身冒出豆大的汗珠，捏在手中的手帕也被掌心的汗浸透。他激起朱利安心中一股直觀的反感，不過此時他只有一個欲望：放下一切，將一切交託給贏家即是正義的無情鐵律，只要不必繼續進行他的計畫就好。他先垂下眼睛，喃喃地說：「看別人傾家盪產、一敗塗地那麼有趣嗎？」

薄格利心中大喜，但他強自壓抑。

「我做的是生意。我不勾搭女人的。」

朱利安忍不住開始哀求：「聽我說，老兄，只要你能讓我延長兩個月，我向你保證……」

「門都沒有！」薄格利大吼：「把你的花言巧語留給那些啄穿你錢包的小母

雞去。咱們這兒不吃這一套。同情可沒掛牌上市！」

庫爾托瓦緊咬著下嘴唇。

「打從我簽下那張匯票的那天起……」

「都要一年啦！」高利貸業者酸溜溜地打斷他：「我已經讓你換票三次了，大家可別忘記啊！」

「大家也不要忘了，每延一次你都拿了五十萬。薄格利，聽我說……我向來不是個道德楷模，但我並不是不老實的人，而且從以前到現在……」

「從以前到現在，你做了不少骯髒事。更不要說你從你大舅子那裡拐了不少錢。如此看來，多髒一點或少髒一點……」

朱利安一聽大為激動，站起身來：「什麼意思，我做了什麼骯髒事？」

「你是有跳票紀錄的。你可能是想耍詐……」

「可能吧！」庫爾托瓦承認：「可見只要有辦法，我們就不用走到那一步。」

「不會有辦法的。只要你一直搞這些小手段，我又想要回我的本錢。」

他又一次用手帕抹乾雙手。他冰冷的笑聲嘎嘎作響，像一扇不好客的門：「快點吧。你肯定和哪位小姐有約。」

「我說薄格利啊，該不會……你是嫉妒我吧？」

被點名的那位跳了起來：「嫉妒？有什麼好嫉妒的？我的天。你真的是瘋了！」

朱利安雙眼放出光芒。他搖搖頭。

「聽到你一直講女人講個不停，讓我明白了不少事情。可憐的老傢伙，你一定是硬不起來吧！」

高利貸業者的臉一下子暗成豬肝色。他驚慌了幾秒。朱利安再度開口，堅定地說：「看在上帝的分上，薄格利啊，做件好事吧！一輩子就做這麼一次，你不會後悔的……」

薄格利一拳往桌上用力捶了下去，打斷朱利安的話：「說夠了吧！想做精神分析請往隔壁去。想唱詩篇請移駕救世軍。來我這裡要嘛付錢，要嘛滾蛋。給我把支票簽了，我好送你去吃牢飯。」

朱利安找了張椅子坐下，拿出他的新支票簿，拔去筆蓋。現在他的聲音變得毫無感情。

「你剛才說你冒著風險。的確如此。要是再過幾天來了一個像我一樣倒楣的傢伙把你給做了，那就天下太平了！」

薄格利被逗得尖聲大笑，笑到他嗆得咳了起來。

「你不必替我操這個心，我知道怎麼保護自己！」他終於又能說話，指著保險箱裡那把不小的左輪手槍說：「玩票的可得小心囉！」

突然一股怒氣湧上他心頭。他揮動用橡皮筋圈住的匯票：「說起玩票的還真不少！一群懶鬼！偽善的傢伙！你和你們那夥人啥也不會幹，就只知道一個子兒都沒了的時候來我這兒哭慘哭窮！」

他把那綑匯票扔到桌上，鼻孔收緊。朱利安控制住緊張得想打呵欠的衝動。

「怎麼啦！」薄格利大吼一聲：「癟下去啦？」

被這樣鞭了一下，朱利安重新擺出表面上的鎮定姿態。他聳聳肩膀。高利貸業者充滿壓迫感的聲音反而幫了他一把。他需要一點東西來點燃他的憎恨之心才能動手。

「是你自己要的，」他說。

他伏在桌角，很快填好支票。薄格利盯著他，表情專注。

「聽著老兄，」他虛情假意地說：「如果這票只是個幌子的話，你就別費事了。匯票拒付被追討，你還能爭取到幾個月時間。這張支票被我拿在手上，對你來說只會更危險。」

朱利安把支票撕下來，遞給薄格利：「Alea Jacta Est（骰子已經擲出去了）……」

「什麼意思？」

「週一早上，你想要的話就拿去兌現吧。」

「兌現得了嗎？」

「你到時就知道了。」

「誰來出這個錢？你那大舅子？」

朱利安點了點頭。

「真是顆軟梨子！他竟然還敢相信你？」

「完全不相信，」朱利安現在能很輕鬆回答了：「我今晚把匯票拿給他。這樣一來他就會相信我已經付清了。然後他就會簽一張相同金額的支票給我，我週一第一時間就把它存進我的帳戶。你現在聽懂我的計策了嗎？」

薄格利半信半疑，接過支票，拿得遠遠的，用他遠視的眼睛檢查著。朱利安將目光轉向半開的保險箱裡依然躺在隔板上的左輪手槍。

「看來能行，」薄格利遺憾地歎了口氣。

他手指一推，讓匯票滑向和他對話的那個人。庫爾托瓦拿起匯票，摺起來，放進口袋。一邊動作的同時，他看著時鐘。五點五十八分。他心跳加速。

「現在，薄格利，我有一樁難得一見的買賣介紹給你。你只要往前一步，就進了 EXIM 的門了。」

「五五分帳？」

他差點要說好，因為時間有限，而且他緊繃的神經已經撐不住了。不過還是得撐到底。

「等等！」他脫口而出，希望這樣高利貸業者便不會升起疑心：「有個條件。如果你的地下小銀行也讓我用同樣的方式分紅，那就五五分。」

「我不能光聽這樣就答應你。我得先知道你葫蘆裡在賣什麼藥。」

「這就是為什麼我帶了這份簡介給你。」

他抽出備忘錄，將它一一鋪開在薄格利面前。

「你第一眼可能會以為是無稽之談，但是我已經研究得很透徹，巴黎近郊的石油精煉廠，這可是會驚天動地。」

「你瘋了嗎？你以為那些大公司會容許你這樣搞？」

「不會。不過他們會收購，這樣我們就會安靜了。只是要做到這點，就得先讓它上路！再說這一點也不難。你週一再回覆我。這兩天你好好想想……來，你看這邊……」

他繞過桌子，來到薄格利和保險箱之間。他用左手指出紙上用打字機打下的幾段文字。為了把字看清楚，薄格利戴上他的眼鏡。朱利安興奮地解釋：「或許換作誰都能想到，但事實擺在眼前，這是全新的點子。想想能省下多少運輸成本！如果你有興趣，起頭需要一千萬。」

「你手上有嗎？」薄格利頭也不抬地反問他。

「我有一半了。另一半就由你來出。你只要不去兌現那張支票就行了。那就是你的入股金。我這邊嘛，我有我大舅子給的支票，他不知不覺就成了我的匿名合夥人。妙計吧，欸？」

「你沒那麼笨嘛，庫爾托瓦……」

他語氣中有些佩服之意。庫爾托瓦沒有多做回應。走廊上突然爆出一陣笑聲與高跟鞋的喀喀聲：打字員們出來了。高利貸業者咕噥著：「六點鐘。每天都要演同一齣劇。都沒辦法安靜做事了……」

他又埋頭閱讀備忘錄。外頭更加吵鬧了。搭不到電梯的員工們快速衝下樓梯。每隔一段時間，薄格利便透過一顆牙的缺口吸了口氣。他雙手夾著手帕搓揉著。朱利安抬起眼睛，祈求某件事晚點再發生。

「在聖望門（Porte De Saint-Ouen）[1]外？」薄格利詢問。

「就在墓園後頭。我們先預訂一塊地，然後在報紙上宣布……」

他呼吸變得急促。右手滑進半開的保險箱裡，用手指緊緊握住左輪的槍柄。

「……說我們即將在外資支持下興建一座精煉廠。接下來只需要等待……」

他脖子上的血管鼓脹起來。他們頭頂上忽然轟轟作響，震耳欲聾。薄格利在桌上捶了一拳。

「現在換打字班要下課了！」

朱利安有一股想哭的衝動。他喊道：「那塊地就在國道旁邊，距離墓園一千六百公尺遠……」他握住那把武器，緊緊貼在大腿邊。

「你說什麼？」薄格利在一片吵雜聲中大叫：「等一下……這些白痴搞得我們什麼都聽不見。等她們走完……」

等到潮水般的打字小姐們湧出閘門、來到這一層樓，讓整棟樓充斥著千軍萬馬般的轟隆聲響時，庫爾托瓦彷彿身在夢中，擺出已經練習上百次的姿勢——他把槍管抵在高利貸業者的太陽穴上，在那一瞬間，扣下了扳機。擊發的巨響淹沒在周圍的喧鬧聲中。薄格利重重倒向前方，朱利安躍向一旁，以免被噴出的血濺到。

吵雜聲慢慢退去。然後，四周一片靜默。這位殺手待在原地不動，全身無力。他還不明白自己已經豁了出去。一滴淚水滑過他刮得光潔的臉頰。他一點都沒有感覺到。

左輪手槍從他手指間滑落，掉到地毯上。朱利安很想哭，卻哭不出來。

一道細細的血流流過桌面，流到地板上，已經快碰到那把槍。庫爾托瓦渾身動彈不得，傻傻凝望著血流無情前進。他很清楚，一旦血沾到那把左輪上，他就永遠無法擦去自己的指紋，不留一絲可以推翻自殺假設的痕跡……他使出渾身解數甩開這種昏沉狀態。

他快手快腳套上手套，拾起手槍。他慢慢撫拭槍柄、槍管和扳機，避免看向死者，再背過身來，用他的手帕擦拭保險箱與隔板。他拿起那束匯票，塞進口袋裡，用手肘推回沉重的箱門，喀噠一聲關上。他努力克制湧上的暈眩感，抓住薄格利的手，將仍然溫熱的手指久久按在槍柄與扳機上。他將左輪放在地毯上。幾秒鐘後，那道血便再次逼近手槍。

每一處他走進來時可能曾用裸露的手觸碰過的地方，他都仔細用手帕擦過：門把、桌緣。他把支票簿還有那份虛構的巴黎近郊石油精煉廠簡介放回內袋。他持續將目光避開薄格利，他現在的模樣一定非常可怕。但這具屍體對他有一股難以抗拒的吸引力。一看到那張浸滿血的恐怖臉龐，他便失去了意識。

譯註1——位於巴黎市北方的一座城門，在今日第十七區與第十八區交界處。

03 第三章

德妮絲把嘴巴拱成圓形，塗上最後一道口紅，上下唇合起來抿了一下，並檢查整體妝容。一根睫毛沾上了睫毛膏，黏在眼皮上。她往前傾，把手反過來，用小指頭的指尖由下往上順了好幾次。

六點十七分。望著對講機，她仔細思考：她該冒險按下去嗎？噢，別多事了！老闆遇到準時這件事總是格外錙銖必較。他總是把每隻錶都調校到一秒不差。不可能騙過他的。他一定不會放過這個機會，苛刻地強調她早了三分鐘。

她把外套拿起來，套上去之前仔細看了看。不換真的不行了。要是庫爾托瓦答應她好久以前就要求的加薪，就能去做一件新的了。

她晃了晃頭，彷彿累壞了似的。每次她觸及這個問題，朱利安．庫爾托瓦都會一副被嚇到的表情，用帶有一點優越感的聲音說：「現在嗎？我可憐的小德妮絲，現在不要想這個事情！生意這麼差，我的金庫都快拍拍翅膀飛走了……」

他這個人花錢不眨眼的。說到換車、一次訂五套全套西裝、送一籃一籃的花給他太太或展開最新一次的征服，他的金庫就不會再拍翅膀了。

「可是我需要一件春天的外套嘛！」她十分滑稽地一邊跺著腳，一邊唉唉叫。

彷彿這簡單的動作觸發了電話鈴聲。她接起電話，沒好氣地說：「EXIM貿易……您是說？啊！庫爾托瓦夫人嗎？老闆當然在！」

現在才十九分，不過她決定把電話轉進去。能夠找他麻煩一分鐘，就像一種復仇，能讓她的心得到慰藉。她按下對講機的按鈕。鈴聲迴響在朱利安的辦公室裡。她的手指沒有離開按鈕，往下壓得更用力，彷彿這樣能讓對講機響得更大聲。沒回應。她氣惱起來。去你的，討厭鬼！不到正確時間他是不會接的。她很生氣，卻又難以自拔地佩服他這麼堅持。人們常常將堅忍與頑固混為一談。

啊……總之……沒有……

「別掛斷，庫爾托瓦太太。我知道他在裡面，因為我沒看到他出去。我沒有離開過我的位子。他應該是正在洗手……絕對是的，太太。」

可惡！都過了六點二十，這個時候了，庫爾托瓦還是不接起來。

「喂？庫爾托瓦先生？六點二十分了，先生，庫爾托瓦太太在一線。」

「謝謝，德妮絲。」

她俐落地接上線，腦中完全想著別的事。他剛才說話的時候……他的聲音聽起來累壞了。她還是感到驚魂未定。像他這種男人，別人永遠不會跟他們計較。而別人越是寬容，他們越是軟土深掘。跟保羅（Paul）完全是同一種人……天啊，保羅一定在歌劇院前面的分隔島那兒等得不耐煩了。但有什麼辦法可以脫身呢？這兩夫妻之間的對話很可能會長到天荒地老。

一道光線從門下方透出。好極了！他開燈了。她鼓起所有勇氣，做好準備，敲了敲門，把門微微打開。

只見老闆上身攤在辦公桌上，臉色蒼白，氣喘吁吁，以一種不尋常的溫柔語氣對著聽筒說話。完全是個剛生過重病、正在休養的病人。他的聲音微弱得幾乎聽不見。他閉著雙眼。一股巨大的疲倦掃過他暴露在檯燈強烈的光線下毫無保留的臉龐。然而即使是這種無情的光影作用也不能從他身上奪去那分無限的平靜感。他始終反反覆覆說著那幾句話：「親愛的……妳有所不知啊，親愛的……」

德妮絲感到不太自在，彷彿不小心撞見他在洗澡，一絲不掛且毫無防備。

他耐心、溫柔地聽著。德妮絲感到非常尷尬，再度用手指敲敲打開的門。他立刻抬起雙眼，露出微笑。她一臉不好意思，用手臂比了一個姿勢代替言語：我可以走了嗎？他十分客氣地點了好幾次頭。

「週一見，」她輕聲說。

他遮住話筒，彷彿不太情願地說：「好。祝妳有個愉快的週日，親愛的德妮絲。」

這些話，連同充滿感情的音色，比他突然給了她夢寐以求的加薪更令她感動。她結結巴巴地說：「謝謝！先生，您也是。」

「喔，我啊……」朱利安的臉部線條鬆懈下來，額前的皺紋也消失了：「我要睡上一整天，睡得像塊樹墩一樣死……」他回到電話上：「等一下，珍珍（Ginou），德妮絲要走了，我跟她說聲再見。對啊，我們工作到現在，不過已經完成了……」

德妮絲關上門，心中洋溢著忠誠之情，離開了辦公室。

朱利安往後一仰，手中仍握著聽筒。他覺得被掏空了，整個人充滿愛意。他愛珍妮薇芙。她有時感覺不到這件事，那並不是沒來由的。但那又如何？其實他自己也是，他也不是時時能感覺得到。只是他這樣並不要緊。他在事情發生前就知道自己會回到太太身邊，而事情發生後，他心中會漲滿柔情蜜意，更勝以往。

「對，做完了，親愛的……終於！……哎啊！這有什麼好解釋的？就是件麻煩又危險的生意。我可是冒著很大的風險……非常大。不過搞定了。那當然，我豁出去了。我想著妳，然後就不顧一切衝進去拚了……有些事情，為了妳，我會做！……」他激動得說不下去。他感到迫切需要有人陪在他身邊：「不，我的寶貝，我並不勇敢，但是為了讓我們有個平靜的生活，必須賭一把……百分之百成功……喔！可是事前準備，妳知道的……我覺得我做得相當不錯。」

他笑顏逐開。危險已經過去，那件「事情」讓他變得更強壯了。要一個人相信自己的偉大是最容易的事。而這種對自己的溺愛令他想要張開雙臂擁抱他渴望的臂膀：「現在我可以冷靜下來了，珍珍，我可以慢慢告訴妳我有多愛妳……」

她激動起來，在她打電話的那個小酒館裡的骯髒小隔間裡感覺自己被幸福淹沒，她用力吸了吸鼻子，不想讓淚珠滾落。

「好，可是剛才……剛才你連一次也不願意對我說。你還生氣了。」

「剛才，」他用真誠的聲音辯解：「我正在口授一封信。正是關於那椿生意的。妳一打斷我，思緒就接不回去了。現在跟剛才的情形完全不同。」

「所以，你真的愛我嗎？」

「我為妳瘋狂。」

「喔！親愛的、親愛的……抱歉朱利安，我不知道我還能說什麼。每次你溫柔起來，又用這種聲音說話，我就無法思考……」

「我的愛！」

「什麼？」

「我說：我的愛！」

「喔！朱利安，快回家來……」

「給我十分鐘，親愛的。十分鐘內，我答應妳一定會出發然後直接回家。還有幾張文件要整理一下……（他微笑看著他從口袋拿出來丟在桌上的匯票、支票簿和簡介。）我有個點子。你知道我們等下要幹嘛嗎？妳準備一下，我們溜到鄉下去，好不好？」

她迫不及待：「我馬上準備！馬上準備！」

他整個人放鬆，開懷大笑。

「十分鐘，不會更久了，我發誓。」

「親愛的，我在想，中午的時候你說你一毛錢也沒有了，那你手上夠用嗎？

還是我跟喬治（George Jourlieu）說一下？」

「不用，別打擾妳哥了。他在我們的事業上已經幫太多忙了。妳別為錢的事情煩惱，就像我說的，一切都不同了。」

「因為這筆神奇的生意嗎？」

「神奇。一點也沒錯。那就待會見了？」

她很快在腦中計算了一下：「十分鐘，不多也不少？」

「木十字、鐵十字，要是騙妳，我就下地獄。」

「好。那我也是，我會幫你準備一個驚喜。」

珍妮薇芙匆匆跑出咖啡館，想找一輛計程車。招呼站一輛車也沒有。她決定用走的，她踩著飛快的腳步往市中心方向前進。

朱利安全身無法動彈，手還握著電話不放。他動了動身體，吐了長長一口氣。他站起來，盡情伸展肢體一番。結束了。沒錯。薄格利的死為一場無法終結的惡夢劃下句點。為了將那張恐怖的臉與那顆光頭與他空洞的眼神趕出記憶之外，他重新拿起那疊文件，以懷疑的眼神凝視著。突然間他發出一陣響亮的笑聲：「結束了！」他大叫：「沒什麼好怕的了！」

他的笑聲戛然而止。萬一德妮絲還在隔壁怎麼辦？他一躍而起，衝到門前，差點沒把門帶著鉸鏈扯下來。看到空空如也的小房間，笑容又回到他臉上。

幹活了！他清理西裝上沾到的灰泥或灰塵，一邊回想他在屍體前醒來後發生的種種驚險過程。他感到一陣恐懼，然後又佩服起自己：究竟哪裡來的勇氣逃出那個高利貸業者寒酸的小辦公室？幸好那條走廊上一個人影也沒有。

手套呢？剛剛還在的。他很清楚記得自己用牙齒咬著手套把它們脫下來，耳朵還靠著聽筒。也就是說，他不可能留下任何指紋。他已經把正在油漆的那間房裡的腳印抹糊了。誰要是把自己的腳印完完整整留在那裡，那個人就傻得可以！願上帝祝福週休二日的油漆工。最艱難是在永無止境的回程中，掛在下方空無一物的牆上，一邊聽到彷彿快要刺穿鼓膜的鈴聲，又害怕會來不及回到辦公室。萬一德妮絲按捺不住，違背他的指示，進來察看他為什麼無法回應……

他對著壁龕裡的鏡子照照自己。他的西裝上上下下都很乾淨。現在得有條有理、按部就班的處理。首先，手套。他用辦公室的剪刀尖端夾住手套，以打火機點燃它。他站在窗邊，將灰燼吹到外頭去。這下絕對是什麼也不剩了。

關上窗戶，他轉身往回走。門上有人小心翼翼敲了一下，把他整個人釘在原地，完全無法思考，心臟彷彿要從喉頭迸出來。一定是薄格利，他要來找他算帳了！那人又敲了一下。

「進來！」

是艾伯特（Albert），大樓管理員。

「不好意思，庫爾托瓦先生。我是想確定一下您在裡面。大家都走了，對不對，我就是想來看看是不是……」

「我也要走了，艾伯特。」

他走到門房跟前站住，一隻手放在他的肩膀上：「工作完成了，艾伯特。我這就來。」

對方協助他套上大衣。

「您知道這是什麼意思吧，艾伯特？」庫爾托瓦又對他說一次：「您完成工作的時候也是這麼開心，覺得自由自在吧？」

「哎，我嘛！您也曉得我幹的活兒，對吧？不一樣啦。喔！我當然高興，怎麼會不高興。只是我的腿要痛到明天了。」

「這免不了的，你整天都要站著嘛，我們……」

走到門口時，庫爾托瓦想起那些匯票。

「您先走吧，艾伯特，我會追上您……」

他回到辦公室，第一件事就是緊盯抽屜拉開的縫隙，緊盯著那把微微閃著光芒的左輪手槍。他把左輪放進口袋。

「您要帶著手槍啊？庫爾托瓦先生，」門房十分吃驚。

「啊？」他轉過身來，彷彿他殺害薄格利時被當場抓到一般，「對……對啊！我們要去鄉下，所以……這年頭，誰知道會不會需要用上這小玩意呢？」
他設法擠出一個微笑，一把抓起身後的文件，塞進西裝口袋裡，走出房間。
艾伯特還在用力點著頭。如釋重負的朱利安愉快地吹起口哨。
「您心情很好呢！」門房表示：「因為假日的關係嗎？」
「大概吧。您可知道，我要跟最迷人的女人一起度過週末。」
管理員噘了一下嘴巴，一邊拉開電梯的拉門，一句話都沒說。全世界都知道庫爾托瓦是個花花公子。朱利安猜想著管理員的心思。絕不可能，他想著，他絕不可能想到我說的是我太太！
電梯門自動關上。朱利安把手指按在一樓的按鈕上，電梯廂安靜無聲的晃動著。
「我好害怕這種被牆壁圍起來的電梯，」朱利安抱怨著：「我們好像在一個井裡面一樣。我比較喜歡舊的設計。可以看到樓板、看到樓梯……在這裡頭好像要窒息了一樣。」

「新款式都是這樣的。況且搭的時間也不長。」

電梯到達一樓。他們踏進前廳。

「再見了，庫爾托瓦先生，週日愉快！」

「您要鎖門了？」

「是的，先生，您是最後一個了。我鎖起來，週一再開。」

「好，艾伯特，也祝您週日愉快！」

「謝謝您，先生。」

他摸摸帽緣，朱利安站在門前深深吸了一口清涼的空氣。人生真是太美好了。他心中沒有一絲悔恨的陰影。

他的車子，一輛紅色雷諾驅逐艦（Frégate）[1]，就停在人行道邊。坐進車裡的時候，他看見艾伯特向他行了個大大的脫帽禮：他還惦記著那些新年禮金。他比了個手勢作為回應，然後鑽進車裡。發動。啟動器發出些許聲響，試圖讓遲鈍的引擎轉起來，卻沒點著。鑰匙再扭一下，成了。不足掛齒的小技巧，但是萬無一失：油門一踩就可以走了。讓車子熱一下就好。

啊！真希望從此以後能讓珍妮薇芙幸福快樂！他不會讓她再吃苦了。絕對不會。他一度非常害怕會走到不得不放棄她的那一步。一個新的生活。一分新的愛情。一將她擁進懷裡，他就要向她如此提議。他會輕柔的告訴她，在她耳邊說：「妳明白嗎？我今天體會好多好多事情。上天之所以助我一臂之力，就是因為我還有資格帶給妳幸福。」

透過鞋尖，他感受著油門加速器的狀況。還是冰的。眼前彷彿浮現一位警探訊問那一層樓租客們的畫面：「薄格利？薄格利？……沒印象……啊！對了！等等。他是不是一個小矮子，肥嘟嘟的又禿頭，不太親切？不乾淨的傢伙，這話我只跟您說。沒錯，我在樓梯間遇到他幾次。早安！您好嗎？就這樣而已。放高利貸的，有人這樣告訴我。是誰我已經忘了。沒有，我跟他一點關係也沒有。不管怎麼樣，事情就這麼簡單，他應該連我姓什麼都不知道……會計？探長，您別害我笑。這些人不會搞會計的，對吧……再說，拜託您了，您可以檢查我所有的帳簿、本子，您不會找到半點跟薄格利有關的痕跡……」

想到這裡，彷彿為了讓自己安心，他從口袋中取出那些危險文件，然後破口痛罵：他一時不察，拿成自己的信件了！

「好傢伙！那疊匯票！支票！備忘錄！」

他把它們燒掉了嗎？沒有。他記得化為灰燼的手套四散在風中。然後艾伯特進來了。他看到自己轉身跑回去想把那些文件拿到手，然後……艾伯特那個白痴問了關於左輪手槍的蠢問題。朱利安嚇到了，轉過身去，然後……他咒罵了一句。

匯票、支票和備忘錄一定還在辦公桌上，大剌剌攤在那裡。

好，我們不要慌。事情還有救。他反射性地踩下啟動器。引擎發出輕柔的轟轟聲，給他一種安慰與懶散的感覺。他一點也不想再上樓去。不過……

他的左輪，對了……他把槍從口袋拿出來，放進車內的置物箱。

他想都沒想，鬆開離合器，打到一檔。他還是可以脫身，只要週一早上搶在德妮絲之前進辦公室，銷毀那些文件即可。不過他還是沒踩下油門。那清潔婦呢？她們都不識字的，那些清潔婦。要是就這麼一次，遇上例外，她們能識字的話怎麼辦？那些所謂完美犯罪不就是敗在比沙粒還細，比這還微不足道的疏漏上嗎？

他冷靜地將排檔桿放回停車檔，回到人行道上。門房已經不在前廳了。這傢伙永遠不在崗位上。他得閃過他。幸好電梯很快！

他走進電梯廂，用力按下十二樓的按鈕。機械平穩上升。

在這一刻，門房艾伯特來到地下二樓的配電盤前。他把制服帽向後一推，搔搔腦袋，打了一個大大的呵欠。然後，他的一天結束了、最後一位租客離開了、一個星期過完了，他一口氣壓下安全閥，切斷電流。

電梯廂猛然在停止在十樓與十一樓之間。

譯註1——法國汽車製造商雷諾在一九五一至一九六〇年間推出的一款四門房車，主要是針對戰後經濟復甦期的中產階級所設計。

04 第四章

猛烈的衝擊讓朱利安一下子跌倒在地，跌進一團黑暗之中。他的膝蓋撞上電梯廂的鋼板，痛得無法呼吸。

他一邊發出痛苦的呻吟，一邊站起身來，背靠在廂壁上，揉著他的大腿。

「艾伯特！」他大叫。

因為沒有任何人過來，他憑著手指在黑暗中摸索著控制面板的位置，觸到一顆按鈕便立刻按下去。再按下第二個、第三個……什麼反應也沒有。

他點亮打火機，在面板上找到標示著管理室的按鈕，然後按下去。他伸長耳朵，試著捕捉遠處的鈴聲。什麼聲音也沒有。

他突然怒火中燒，往金屬牆上踹了一腳，結果害他的膝蓋又痛了起來。他咒罵、他大發雷霆、他咆哮：「艾伯特！快給我回答啊，該死的東西！艾伯特！」

打火機熄了，朱利安覺得自己被囚禁在一團沒有形狀的黑夜中。整棟大樓沉浸於無聲之中，偶爾會有街上遙遠的雜沓聲響穿過這片虛空。

生命存在。就在咫尺之遙。只要能離開這個這個荒謬的鳥籠。他努力與恐慌對抗，咬緊嘴唇，握緊拳頭……

整整十分鐘，珍妮薇芙走著，幾乎要跑起來。腰側肌肉的抽痛讓她不得不慢下來。她內心喜不自禁，因為她已經在未來的回憶中把今天定義為朱利安的「回歸」。為了慶祝，她決定直接過去給他一個驚喜……但會不會和他失之交臂？想到驚喜可能會失敗，淚水就湧上她的眼眶。她加快腳步：「如果他愛我，直覺就會提醒他，讓他等我。如果他走了，我的一生就毀了。」

她的心臟立刻掉了一拍：「不要離開我，朱利安！」

她的心臟……每次她想到朱利安或必須運用體力的時候，她的心臟就會痛起來。她在一面櫥窗前停下來。那是一間體育用品店。她沒注意到兩名身著聖傑曼德佩區最新時尚的年輕人，正以一種提不起興趣的表情望著陳列出來的商品。從「蒙大拿」店裡離開的男子以挑剔的眼光打量著她：怪女人……穿得也好醜……瘋子！

珍妮薇芙走開了。他轉身對同伴說：「怎麼樣，來嗎？泰蕾莎（Thérésa）？」

他順應時下以英文名字稱呼的潮流，但是以泰然自若的語氣念成了「席麗薩」。他刻意撥得凌亂的頭髮長得掩住了脖子，一件過大的高領套頭上衣裹住瘦削的上身。他沒穿大衣：身上就一件灰色短外套，肩膀線條滑順，扣得高高的，但窄小的髖部讓外套顯得不太貼身。他把手塞在褲子口袋裡，這件黑色褲子內襯是蘇格蘭格紋，小腿肚與腳踝處收緊，凸顯出線條。

女孩回答他：「好了，佛列德（Fred），我就來。」

但她依然望著那些防寒連帽上衣。一頭直髮在肩上捲起，胸部雖小，在粗針羅紋羊毛衣下依然挺起，下身則是一件直挺的裙子，泰蕾莎在脆弱與挑釁之間猶疑。佛列德喜歡她這樣。他特別喜歡她穿的平底鞋，現在正流行；這種風格讓女人看起來彷彿很容易親近，創造出一種窩在家裡不出門，靠在火爐邊的親密感。
她終於跟上來。兩人肩並肩走著，沒有挽著手臂，也沒有牽手。
經過書店櫥窗時，佛列德不屑地聳聳肩說：「現在還有白痴在寫書耶！」
泰蕾莎怯生生地問：「寫書不好嗎？」
他深深吸氣，瘦削的胸膛鼓脹起來：「寫書幹嘛？這才是該問的問題。你生出一本書，兩本、五本、十本、一百本……哪一天才寫得完全部……然後呢？」
她低著頭，默默記下他的教誨。佛列德敏捷的目光停在剛才見到的那個女人身上，她在手提袋裡翻找出一個小瓶子；從那小瓶子裡，她倒出一片藥錠吞了下去。「果不其然，」他想：「她有毒癮。我剛就這麼想……」
他們從她身邊經過。不過珍妮薇芙沒有毒癮。她吃的是「為心臟好的藥丸」。而且絕不傷身，那是苦苦哀求才讓醫生勉強開給她的。
沒事了，吃下去就感覺好多了。
優馬—標準大廈已經近在眼前。她再度邁開步子。再幾秒鐘就走到了。再怎麼說，朱利安也是有可能晚出來的對吧？他晚出來不是為了等她，想也知道。他只是跟她有約時從來不會著急而已。他不覺得太太有什麼重要的。

與此同時，佛列德和泰蕾莎已經彎過轉角。一群救世軍的志工堵住人行道。兩名女子頭上戴著低到眼睛上方的怪異制服帽，用一種彷彿聖靈充滿的表情唱著讚美詩。看得出她們的嘴唇在動，可是幾乎聽不見任何一個音。還有一名女子身體彎下去，抓著一大塊粉餅在柏油路上寫著一些字母。寫的是關於上帝的事情。不過，那女子彎下去的動作使裙腳往上提，露出了膝蓋後方。佛列德咯咯笑，用手肘推了推泰蕾莎。

其實她也看到了，但這不雅的畫面讓她嚇了一跳。然而她制止了他那惱人的動作。她的反應不夠快，還是被她的男伴注意到了。他不屑地噘起嘴唇：「喔！對啦……有些東西是很神聖的……個頭。我真想知道哪一天才能把妳去布爾喬亞化！」

他們從咖啡店前面經過。佛列德在一輛車門微開、引擎還在運轉的紅色驅逐艦前停下腳步。

「這個人真該好好上一課！把車子發動，然後拍拍屁股閃人了！各位先生女士，街角就有一輛車在那裡，各位隨便用啊！」

他刻意在聲音中加入了所謂「嚴厲」的語調。接著開玩笑地說：「我們出發吧？」

泰蕾莎嚇了一跳，但很快恢復鎮定，後悔自己不小心在動作中流露出害怕，尤其是經過剛才那個小爭執之後。佛列德的目光變得強硬起來。她很熟悉這種症狀。要是她剛才說的是「噓！」還不至於這麼糟糕。因為被刺中要害，他就想證明沒有任何事情能嚇倒他。

「所以妳覺得我做不到是嗎？」

「你當然做得到，」她說：「只是……你偷一輛車，偷了兩輛車……你永遠不可能全部偷完的嘛！」

他唇邊出現一道苦澀的紋路，冷笑一聲：「妳話不多，但是妳決定的事，我就來打破。上車。」

「車主可能去咖啡店買香菸了……」

他看了看。咖啡店的櫃檯前空蕩蕩的。

「上車！」他又說了一次。

為了讓生米煮成熟飯，他不再猶豫，坐上駕駛座。泰蕾莎順著他的意思，從車後方繞過去……

此時珍妮薇芙也轉過了街角。一個有點年紀的男人向她打招呼。她反射性的回應，但沒有立刻認出對方是誰。就在剛才，她看見五十公尺外停著那輛紅色驅逐艦，腰側立刻不痛了。在她眼中，人生多麼美好：朱利安在等她！當然是了！剛才向她打招呼的男士就是門房艾伯特。她得加快腳步。一陣青煙從汽車排氣管中冒出，而她的視線穿過後窗，看見她丈夫的後頸，他準備要出發了。

「朱利安……」

也許是在大街上喊出聲來很丟臉，她快步跑了起來。但突然間，捶打著她太陽穴的血液凝滯了：一名年輕女孩，穿著相當古怪的衣服……她不就是體育服飾店前那個女孩？她繞過車子後方，打開車門，輕鬆自如坐上車，彷彿早已成慣性。確實就是剛才看到的那個小妹妹……她短裙的裙緣脫線了，垂了下來，真是難看……

朱利安在外面有情人！真相在她體內炸開，殘酷地將她撕裂。

而且那不可能是德妮絲。認真說起來，像她此刻這樣飽受打擊，很可能會接受朱利安身邊的人是他祕書。誰教她生得太漂亮了，不可能不打破家庭的平靜。可是這個怪女孩呢？她還沒有她歲數一半大啊！

痛苦使她全身癱軟。復仇的渴望推了她一把。她要挖下這個小賤人的眼睛，她……在珍妮薇芙距離還有二十公尺遠的時候，驅逐艦開走了。它在第一個街口轉彎，消失了。

珍妮薇芙慘叫一聲。說巧不巧，一個路過的女人同時叫了一聲，像合唱一般。人們聚集過來。不知誰問了一句：「這位女士，您還好嗎？」

她喘著氣，咬著下嘴唇，眼神如槁木死灰：「還好……沒事，謝謝……是心臟，可是過去了……好點了，謝謝……不要緊的。」

她繼續站在原地，等待那些目睹她虛弱狀況的人散去。

珍妮薇芙心中漸漸升起一股痛徹心扉的憤怒。等到只剩她一人，她再也忍耐不住，撲向大廈的大門。她手指緊緊抓住鐵條，搖晃著那道鐵柵欄。

在十層半以上，朱利安也正好衝向他的牢獄那兩片金屬門。他全身燃燒著理智無法控制的怒火。就算付出一切代價，他也要離開這座無路可逃的井、恐怖的陷阱。可能會有人走進他的辦公室，發現他的犯罪證據。他可能會被誰發現他和一具屍體待在同一棟大樓裡！還有珍妮薇芙怎麼辦？珍妮薇芙會開始擔心，不知道會想到哪裡去！他大叫：「艾伯特！艾伯特！幫我開門吶，我的老天！」

他摒住呼吸，希望能捕捉任何一點微乎其微的回音。什麼也沒有。一片死寂。或許，但不太確定，或許他耳中聽見電梯井的深處傳來了一些悶悶的敲打聲……一輛疾駛而過的汽車轟隆隆的引擎聲……遠遠的……遠遠的……

一位警員走近珍妮薇芙，把他的斗篷下襬一掀，披到身後。

「您有什麼事嗎，女士？他們已經關門了，您看不出來嗎？」

他努力抵抗想給這女人上拷的欲望。每次搞出麻煩的都是這些穿著講究的漂亮小姑娘。她低下頭去，胸口劇烈起伏，羞得一片通紅。

「您不舒服嗎？」他問。

「沒有……沒有……」

「您在這裡做什麼呢？」

「是我先生！」她衝口而出，再也無法多忍幾秒。

「什麼，您先生？他在裡頭嗎？」

「不是，他剛剛走了……」

「那您就沒必要進去了。請向前走吧，女士！」

她照做了。她的憤怒只是一種偽裝，好讓她真正的痛楚沉睡：朱利安不愛她。此刻的她已經握有證據。

來了一輛計程車，終於……

「瓦倫納路三十二號！」

靠在椅墊上，她哭不出來。

沿著塞納河，在馬爾利路（Route De Marly）上，紅色驅逐艦輕快的奔馳著。

05 第五章

天空下起綿綿細雨。佛列德實現他童年的夢想：身體向前傾，貼在方向盤上，闔起眼皮衝進黑暗之中，他要奪下世界冠軍。至於泰蕾莎，她一直反反覆覆好奇一件事：這輛車的主人到底叫什麼名字？她不再糾結，抬起手來打開後方的頂燈。一個字母接一個字母，她看清了儀表板那塊牌子上的字，並把它大聲念出來：「朱利安．庫爾托瓦……」

「講什麼玩意兒？」他埋怨了一聲。

「車主的姓名。」

「那妳講給我聽幹嘛，干我屁事，啊？朱利安！哈！聽起來就是個可悲的名字！」

她重新陷入沉默之中。要和佛列德講事情真的好難，他比她聰明好多，多讀了好多書。在佛列德這邊，他已經跑夠了蒙萊利賽道（Circuit De Montléry）[1]——畢竟不是泛美公路（La Panaméricaine）[2]，所有賽道中最致命的一條。他開始發表他的社會訴求。

「朱利安．庫爾托瓦！嗟，妳發現了嗎？八成是那種老爸型的人。大肥佬。口袋裡鈔票一掏就是一大疊的老爹。還有一件冬天的大氅。這家股票也有，那家股票也有，領一堆開會車馬費。不就有了這些東西才那麼看不起窮人嗎？大家只能靠自己的兩隻手兩隻腳和一顆腦袋來掙到他掉下的一點麵包屑。告訴妳，我賭他一定是個『工作劊子手』……沒命的是員工。老爸到一點渣都不掉。這下他該學乖了。」

連他自己都不知道他想罵的是他的爸爸還是那個陌生人。

「還給我下雨！到底會不會做事。我難得想去鄉下放鬆一下！」

他指頭輕輕一撥，雨刷就動了起來。擋風玻璃變得髒兮兮的，一片泥濘，什麼都看不見了。

「棒呆了！」他高呼：「這就對了，你贏了！嗟，但妳發現了嗎？連正確的零件都沒有，這些布爾喬亞爛貨。我們搞不好會撞到鼻歪嘴斜，就因為你這蠢蛋摳到連給自己買個能用的部件都不捨得！」

泰蕾莎那顆小腦袋裡的思緒轉得飛快：會不會是開了車內照明妨礙到開車的人？她抬起手臂想關燈。她青春的胸部將毛線衣繃得緊緊的。佛列德的右手立刻伸出去在泰蕾莎身上四處遊走，一個沒抓緊，方向盤一滑，車子突然偏了出去。

「老天，」他咒罵了一聲。

驅逐艦一下左偏、一下右斜，在路上蛇行。泰蕾莎縮在座位角落。佛列德終於將方向盤導正，但是他把心裡的害怕發洩在那小姑娘身上。

「哈！很聰明嘛！這樣搞很聰明嘛！天殺的瘋婆子，去妳的！嗟，但妳發現了嗎？幸好我知道怎麼開車，要不然我們就掛在樹上了！妳是不是發瘋了啊妳，搞出車禍來，妳有天大的福氣都不用享啦！」

驚魂未定的他緩緩踩下煞車，腳趾還在顫抖。車輪發出嘰嘰嘎嘎的刮擦聲。

珍妮薇芙大叫：「停車！停車！」

老舊的雷諾煞車一時鎖死，在傷兵院大道上打滑了。車子錯過彎進瓦倫納路的路口，最後靠著人行道停下。司機嘴上長著像高盧人一樣的鬍子，用途顯然是過濾尼古丁。他滿肚子火：「早點講，這位小姐！早點講！不可以這樣突然叫！您是怎麼一回事啊？」

珍妮薇芙不知該笑還是該哭。

「我想了一想，我……還是請您送我回我家吧。」

「那您的家是在哪裡呢？」

「在奧特伊（Auteuil）[3]，莫禮托路（Rue Molitor）……真抱歉，但是我突然明白我先生是直接回家了，應該是……那個，不是嗎？我……」

這位前高盧人從駕駛座上半轉過身來，盯著她看。情緒激動的她試圖完成這無意義的發言，卻越講越複雜：

「瓦倫納路，那是我哥哥家……」

司機趁機說：「哥哥家、查稅員家都好，您希望我怎麼做呢？」

她一時語塞，陷入遭受羞辱後的沉默。

「好，」司機再度開口：「我懂了，我們去奧特伊？」

「對，」她簡短地說：「去莫禮托路。」

她緊咬雙唇。這些平民真的是……車子緩緩轉向右方，漸漸加速。珍妮薇芙好幾次神經質地輕笑起來，但又被她壓抑住了。她太高興了。我的老天，人一犯傻起來真是！紅色的驅逐艦，整個首都街道上來來去去應該有數百輛吧。沒有，完全沒有任何證據能證明在她眼前開走的那輛就是她丈夫的車。那可憐人一定在家裡等到快發慌了。而且每次他一個人等著我的時候都會喝酒。他就是這樣，無聊的緣故。不幸的是他不能承受太多酒精。她伏身向前：「麻煩您開快一點，求您了……」

「啊！要看情形啊！要不是您剛才搞錯了，我們早就到了。我是沒辦法再開更快了。它是三八年的，我這輛老爺車，您也看到了……」

珍妮薇芙脫掉她的手套，又戴上，與此同時，高盧人展開一段嚴謹的新舊型轎車比較研究。

「也有優點的，我不是沒說。就拿暖氣來說吧！冬天很實用，可是……說到材料，抱歉了，麻煩回去重做。不能比的。」

她沒有在聽他說話。她想著這天下午在路上和她說過話的兩位先生。其中一位甚至跟著她走了一段……一定是這套粉紫色的套裝讓她的腰看起來比較細。不管怎麼樣，顯然她沒有變老……她和存在達成和解，露出一抹微笑。幸福的感覺往往取決於個人能否堅決相信自己沒有弄錯。

「別喝太多，我的愛，」她在心裡叮嚀朱利安：「理性一點，我快到了，你明白嗎……」

待會兒她向他坦承自己的疑心與憤怒，他會露出嚴肅的表情，然後溫柔地埋怨她幾句。他會一邊說一邊用手背撫過她肩膀和脖子之間的凹陷處：「瘋子！妳明明知道我只愛妳一人……」——「我知道，」她會回答：「我知道，我也不知道我是中了什麼邪……」再說那個女孩，她根本就不是朱利安喜歡的型。他比較喜歡成熟的、慈母一般的女性。就像珍妮薇芙。他想要被呵護，他很怕照顧別人。「如果我有一天想跟那種年輕的小女生在一起，」他常這樣說：「那代表我開始老了！」

然後他會放聲大笑，一點也沒發覺他正在珍妮薇芙的傷口上撒鹽。

計程車停了下來。她付了車資，並留下一筆豐厚的小費。不是因為慷慨，而是因為懦弱。她站在家門口，心中升起一股懷疑。她轉過身，怯怯地說：「如果您沒有什麼要緊的事，麻煩再等個五分鐘……說不定……」

「說不定您的朱爾（Jules）[4]不在裡頭？了解。您進去吧！」

從他的鬍子可以猜到，他正像個醉漢一樣笑得闔不攏嘴。她真討厭這個人。當然，外人無法理解，但這個人特別令人感到噁心。她找不到鑰匙，緊張了起來。最後她按下門鈴，女僕前來開門。

「先生回來很久了嗎？」

「先生？先生？」

「哎！對啊，先生吶！」她一邊叫著，一邊奔向客廳。

「喔，沒有！太太，我沒見到先生。」

她的脈搏一下子停了，她杵在原地。

「那先生有打電話回來吧？」

「沒有，太太，今天都沒有電話。」

她所有的精力都在她第一次發怒時耗盡了。現在她只剩下哭泣的力氣。哭到氣絕為止。女僕繼續說：「我的意思是說，有的……是我忘記了。鐸米安（Dormien）太太有打來，她想問太太……」

珍妮薇芙比了一個手勢要她別再說下去。拖著緩慢的腳步，她走向臥室。就在此刻，她已經感覺到孤獨的恐怖。她一定受不了獨自一人的。計程車……

她像一陣風一般衝出去。

「等等！」

「啊！這下好！他不在裡頭對吧？」司機戲謔地說：「好啦！不要為了這樣在那裡扯頭髮。再怎麼樣還有老哥嘛，瓦倫納路。沒必要哭花了您那張漂亮的臉蛋。沒什麼大不了。這種事絕對不會喬不定的……」

毫無疑問，她錯看了他，包括他這個人和他的鬍子。這個外人比她自己的丈夫更了解她。

半癱倒在電梯地板上，頭向後仰，朱利安試著將他的思緒兜攏在一起。他心亂如麻，因為珍妮薇芙的反應總是難以預測。這個歇斯底里的女人搞不好已經鬧得整座城人盡皆知！

他要被關在這個卡住的電梯裡多久？

他那幾乎已不聽使喚的腦袋一字一字將直到目前為止他始終逃避的答案念給自己聽：一個白天和兩個晚上。三十六個小時。

週一早上，艾伯特應該會回來再將電源開啟。

在那之前，再怎麼呼天搶地也只有他一個人。不，這麼說並不準確。旁邊還有一個死人：薄格利。就算朱利安能想到某種方法來解釋他工作桌上的文件，他也絕對無法對任何人說他不認識薄格利，這個和他單獨相處這麼久的人……他們一個在電梯裡，一個在他寒酸的小辦公室裡。他彷彿聽見警察們仰天大笑：「誰會相信您從頭到尾都被關在這個電梯廂裡啊？」

他一定得逃走。無論要付出什麼代價。絕對不能讓人家知道這段愚蠢至極的遭遇。絕對不能讓任何人有辦法把他和薄格利扯在一起。但要做到這一點，就得離開這裡。

陷入狂亂的他跳起來衝向金屬門板。一撞下去，他聽到喀噠一聲。滿懷希望的朱利安用手指緊緊扣住，使出全身力氣，把門向後拉。慢慢的，門扉發出嘰嘰嘎嘎的聲響，一點一點鬆動了。

佛列德心情煩躁，口中不住咒罵。他操作一下啟動器，「這打折買的破爛引擎」就是發不動！

剛剛才被他狠狠吼過，泰蕾莎還驚魂未定，一個字都不敢說。可是佛列德好像沒有重新點火……

「佛列德……」

「妳又想幹嘛？」

「那個……這個……」

她說不出口。她只敢指指車鑰匙。大大出乎她意料之外，佛列德竟然哈哈大笑。

「不會講喔！這倒是……是說，妳不像外表看起來那麼呆嘛。」

他讚美完立刻潑一盆冷水：「我看是天降紅雨了……」

車子輕輕震動起來。儘管如此，泰蕾莎兩頰還是高興得浮起紅暈，雖然他現在正說著自己不過是心不在焉，說起一個又一個被歸類為天才的故事，而那些天才也都這樣心不在焉。她膽子大了起來，坐直身子，終於關了頂燈。佛列德拍起手來：「越來越行了。妳現在帶得出去見人了，妳有進步。」

泰蕾莎很開心。他們靜靜開著車，車速不快。她不再感到害怕了。

「怎麼樣？不覺得開得超順？說點什麼啊！隨便！」佛列德堅持。

她不太確定該怎麼回答，遲疑的將一隻大拇指舉直。

「這樣。」

「我呢，」佛列德繼續說：「人生，我覺得就是這樣的東西。你有你的車，想衝哪裡就衝，跑到鄉下去，把事情理清楚，『Relax』一下……這個社會有問題。有些人你要保障他們擁有最低限度的東西，這是為了社群著想……房子、僕人、金子、車子……」

她向男伴拋去一個深深欣賞又不敢流露的眼神：他真的好聰明！當然了，像他這樣的男人需要偶爾放鬆一下。他繼續說下去：「妳看這就是我老爸永遠不理解的事。每次一在他面前開這個話題，他就一定要跟你話說從頭，講他以前怎麼白手起家。還有怎樣窮到吃土、胼手胝足。說他那個時代跟現在不一樣，他去跑市集擺攤，他都先工作、後享受，還有後面一大串。我跟妳報告一個好消息：那些老一輩的還是趕快滾回去古希臘啦！煩不煩啊！現在是二十世紀了。我們年輕人都聽太多這種屁話了……」

他放開方向盤，重重拍了一下額頭。泰蕾莎停止呼吸。幸好沒事。

「我們都在這邊瞎耗太久了，跟他們以前一樣，這些廢物。年輕人沒時間浪費了。我們要馬上實現、發明、組織、摧毀、重建。」他總結，聽得出語氣中的苦澀：「全部啦！」

她有一個問題想問，已經來到唇邊。一個令她反覆煎熬，很重要的問題。她小心翼翼地嘗試：「你父親……還了嗎？」

「還什麼？」

「銀行？」

「哪個銀行？」

「不就那筆經費！」

「哪筆經費？」

他在耍她。她只好提醒他，他之前工作的那間銀行為了他侵吞經費的事向他追討。聽罷，他彷彿被大大逗樂了一般歡呼起來。她真的很會把髒東西從地毯下掃出來：「我好久沒笑得這麼開心了。妳要是有看到我家老爺，他整個氣到眼珠子都凸出來……還一邊點著那些銅板，不管上面到處噴滿他的口水沫子！」

「但是他付清了？」她追問。

他看著她的側面，充滿同情：「我可憐的泰蕾莎！妳想要他怎麼做？難道他會放任我把他的一世英名拖進爛泥巴裡？哈！不可能。但妳有發現嗎？不用擔心，我要發一槍的時候，一定會很清楚飛往哪裡。我從來不冒險的。就拿這輛車來說。妳不想要。那妳說說看我是搞定了還是沒有？可能算是有些小麻煩？妳說啊，如果妳覺得我們沒成功妳就說出來。不用怕，說出來，法國現在是共和國了。說出來，如果妳對我沒信心……」

「我有，佛列德，我有信心，我發誓……」

他沒讓她說完。他用 A 加 B 向她證明事實不是如此。而正是憑著這條原則，像他這樣的人通常都能超前他們的時代。所以他們當然只會遭遇不理解與不信任。然而銀行那一戰他明明編得天衣無縫。怎麼還會？

「我要跟妳說，泰蕾莎。人生，就跟戰爭一樣。有無產階級的武器：步兵。有貴族的武器：空軍。如果妳想選擇要在爛泥巴裡還是在藍天之上打滾，就要提前報到。就是這樣。」

泰蕾莎聽著他說，嘴巴微開。他得意洋洋：

「另一方面，妳想跟我說這樣很危險是嗎？一點都不會。說不定我在廊香賽馬場（Hippodrome De Longchamp）那邊會有不錯的內線消息，我贏了再把那堆子兒還回去。說不定內線乾了……以前也有過。然後呢？我會不會怕警察？一秒都沒有，我只擔心他們不會先去敲我家老爺的門而已。油水都在那裡啊。他藏起來了。總而言之，一石二鳥，因為每次你對中產階級下手，都會得到意外的收獲。

不是，欸，難道是我要求進銀行工作的嗎？是我老爸要的。反正他只要吐錢出來。給我，給銀行……先說我，妳知道的，我的志向是當作家，不然就走電影。諾貝爾獎，不然就好萊塢。我是天生的製片人啊我。只要有人塞給我一千五百萬就知道了。你想咧！一千五百萬！我跟老爸講的時候，他差點要一拳揍到我吐血。聽起來就是他當年身上只有一點錢吧。中產家庭，天下知名，他們永遠都在擋藝術家的路。」

他感受到小姑娘的雙眼從暗處望著他。這讓他的心暖了起來，讓他幾乎要和人性和解。他軟化下來：「反正，他吼來吼去還不就是那些！」

「但他付錢了，這點最重要。」

「這不是妳要操心的事。不是，妳沒想通。不配當我兒子，他是這樣說我的。好，我有洩露一點口風。不配的，是他。我向他要了什麼。一千五百萬。那是讓我拍出第一部片最基本的經費。之後我就不需要再依靠任何人了。」

他小心的駕駛著，眼睛發光，像飄浮在夢中：「該死的，泰蕾莎，一千五百萬。要是我有這筆錢，我……欸，妳知道我們可以拿來幹嘛嗎？」

她知道他在想什麼，但是只希望再聽他繼續說下去，永遠地說下去。

「可以去麗池租一間大套房，把自己打扮起來。」

「你會娶我嗎？」

「當然，但一定要是……等等，他們是怎麼說的？啊！對了，貴庶通婚。」

「什麼意思？」

「祕婚。只有那些大人物會使用這種結婚型態，因為他們要跟平民女子結婚。」

「為什麼呢？」

他們未來的婚禮被這樣草率處置，她心裡深深感到受傷。他一一細數那些為國為家的藉口：「以我這種狀況，如果大家知道我結婚了，就什麼機會也沒有了。大製片人，這是一種神話般的存在。所有女孩子都會追在他後面，幻想要嫁給他，而且在嫁給他之前，她們會為他帶來金主。」

他以為這樣就說服了她。他讓她痛苦萬分。她默默在無聲地哭泣。

「呃……妳怎麼了？」

「你會背著我，跟所有這些女孩偷吃！」

面對這樣的天真坦率，他脫口說出那個羞辱人的修飾語：

「妳這個布爾喬亞！」

他們的車剛剛經過馬爾利的駿馬雕像（Chevaux De Marly）[5]。

一腳抵在眼前的電梯內壁上，朱利安把身體向後靠好，再做最後一次努力。只蹬了一下，電梯門就滑動了。他伸長手臂，碰觸著自由的虛空。他的手碰到了一片光滑冰冷的平面。他點亮打火機。小小的火焰照亮了一片白色的、不透光的牆壁。

譯註1——正式名稱為黎納斯—蒙萊利賽車場（autodrome de Linas-Montlhéry），一九二四年啟用，位於現在巴黎南方近郊的埃松省（Esssonne）。

譯註2——英文為Pan-American Highway，是一系列縱貫美洲大陸的公路網。一九五〇年到一九五四年間，在墨西哥路段曾每年舉行為期五天的拉力賽，稱為「卡萊拉泛美公路賽」，被譽為賽車運動史上最危險也最經典的賽事。依小說寫作的年分，佛列德可能是在談論此一賽事。

譯註3——巴黎市西側的一個街區，在布隆涅森林旁，屬於第十六區。

譯註4——朱利安的暱稱。

譯註5——兩組呈現前腳抬起的駿馬及其馬夫的雕像，完成於一七四三年至一七四五年間，原本放置於巴黎西方近郊伊夫林省（Ivelines）馬爾利城堡的園林內，後來移至巴黎協和廣場。

06 第六章

搶在驚慌失措的女僕之前，珍妮薇芙不等人通報便衝進餐室。

「喬治！」她大喊：「我遇到了一件恐怖至極的事。朱利安他出……」

她突然住口。孩子們看著她，嘴巴半開。她哥哥手中的湯匙凝結在半空中，而嘉娜（Jeanne），她的嫂嫂，不太高興地扔下餐巾與餐具。這對夫妻互相交換了一個眼神。喬治垂下眼睛。珍妮薇芙感到她的心結成一塊冰。

「即便如此也不能這樣闖進別人家，」嘉娜表示，她的聲音聽來克制，卻微微顫抖。然後她轉向孩子們：「跟姑姑問好……」

珍妮薇芙心不在焉地親了親她的姪子們，以盛滿淚水的眼睛哀求著喬治。但是他一直堅持低著頭，抬起來時彷彿它有千斤重。他說：「到客廳去。」

她跟在他身後，手腳微微發著抖。嘉娜一副受夠了的表情，搖了搖頭。女僕想要解釋：「太太上次告訴我……」

「妳可以下去了，」嘉娜打斷她的話：「我帶孩子們去睡覺。貝爾納（Bernard）、尚保羅（Jean-Paul），上床去！」

他們乖乖照做，一聲也不敢吭。彷彿一場暴風雨即將來襲。

客廳裡，珍妮薇芙講完了她悲慘的故事。喬治一邊聽著，微微喘氣，眉頭深鎖。

「我看到她了，你懂嗎喬治？看到了……那個小妓女，坐上他的車……」

「我們可憐的珍妮薇芙，」他先說了這麼一句，但是望了一眼餐室的門，他嘆了口氣，清了清喉嚨說：「所以呢？」

為了讓自己顯得從容而淡定，他把菸草填進菸斗、點燃，努力保持不受動搖。

「所以？」珍妮薇芙把他的話丟回去，彷彿在戲劇舞台上一般：「所以朱利安出軌了啊！」

他做勢要她壓低音量，繼續說道：「都過這麼久了，是不是，可憐的妹妹，妳也該習慣了……」

「喬治！」

這聲吶喊，這聲叫人心碎的求救聲，讓他覺得心疼不已，他張開雙臂讓珍妮薇芙躲進他懷中哭泣。他輕輕拍拍她的肩膀，一臉憂心：「我們可憐的小乖乖，」他反覆地說：「我們都知道他不可靠……朱利安就是這樣的人……」

妹妹的眼淚讓他很不好受。一直以來他在珍妮薇芙面前總扮演父親的角色。但此刻的他不敢輕舉妄動，他的眼角餘光時時留意著那扇門，因為他的妻子隨時可能會從那裡走進來。

「沒有人愛我！」她一邊抽抽搭搭地哭，一邊輕輕按著眼角拭淚。

「怎麼沒有，拜託，」他囁囁地說：「妳知道妳現在什麼樣子嗎？沒有人！所有人！永遠不會、永遠都是……好了！好了！妳每次都一定要搞得這麼戲劇性嗎？……」

她離開他的懷抱，喬治鬆了一口氣，彷彿要是被人當場抓到他抱著自己的妹妹便是犯了罪。珍妮薇芙越哭越痛心：「我根本不應該嫁給一個比我年輕的男人……」

「木已成舟……朱利安是愛妳的，只是用他的方式……妳要試著理解……」

「不！不！我根本就不該嫁給他……」

「我們都跟妳說過很多次了，」嘉娜一邊走過來一邊發表意見。

他們兩個沒有聽到她開門的聲音，此時轉過頭來望向她。喬治為自己的憐憫感到一股罪惡感，看到妻子的暗示，便走過去和她一起在長沙發上坐下。她握住他的手，彷彿為了引導他的反應。這個女人依然非常美麗，歲月幾乎沒有在她的五官上留下任何痕跡，只看到些許堅定的意志與痛苦。單獨坐在扶手椅上，面對著他們，珍妮薇芙看起來就像個被告。

「這次又怎麼了？」嘉娜以平板的聲音詢問。

珍妮薇芙咬著嘴唇。喬治回答：「她去辦公室找她丈夫，然後看到一個賣春女跟他一起走了。」

珍妮薇芙停止呼吸。被這樣簡化，她的問題、她的痛苦便沒有聽下去的價值了。大家對「她的人生悲劇」不會產生任何興趣。

「如果只有這樣就好了！」她大聲說：「可是十分鐘之前，他在電話上還那麼溫柔，你們不會想到……我還相信……」

淚水讓她無法再說下去。她的嫂嫂不帶情緒起伏地評論道：「太典型了，有些丈夫是事前非常溫柔，有一些則是事後溫柔。」她向喬治射去嚴厲的一眼，他勉強笑了一下：「這些丈夫只是想讓自己的良心過得去……差別在於什麼時候最合適。我甚至見過那種跟情婦分手的時候會買禮物給太太的人。」

喬治齒間的斗嘴裂開了，發出清脆的喀啦聲。透過淚水的簾幕，珍妮薇芙望著這對夫妻。嘉娜站起身來，到菸斗架上去取另一支菸斗，平靜地繼續說：「最奇妙的是，有時這種禮物的大小會和外遇的時間長短直接成正比。」

她重新坐下，凝視著她指間那柄優美的「Solitaire」。喬治用力把菸草填進這只新菸斗。他再也按捺不住，怒氣沖沖地回嗆：「胡說八道，嘉娜。如果妳是想讓珍妮薇芙難受，已經達到目的了。如果妳想影射的是我，妳很清楚我從來沒有背叛過妳……我根本沒時間！」

嘉娜像一座雕像般紋風不動，一抹嘲諷的線條出現在她唇邊。

「要背叛自己的太太有很多種方式，」她說：「有些人太愛工作，也有些人……太愛照顧家人……」

喬治聳聳肩膀。一股巨大的倦怠感淹沒了他。為什麼一天到晚都要爭辯？

「總之，珍妮薇芙，」他咕咕噥噥著：「妳到底想要我怎麼樣？要我去幫妳找出朱利安，捏著他的頸子，一邊教訓他一邊把他拎回家嗎？」

「我不知道啦！我來這裡是因為全世界我只有哥哥你了！再怎麼樣我也不能乖乖待在家裡，等朱利安在外面玩完再回家……」

「要是他回來……」嘉娜反射性說出這句話。

「好了，別再說下去！」喬治提出建議：「妳可以每隔一段時間打個電話，看看他回來了沒。嘿，說不定他已經在家了。我來確認一下。」

他走出客廳，很高興能把話題岔開。兩個女人聽到他撥動電話號碼盤的聲音。嘉娜迅雷不及掩耳地站到小姑面前：「聽好了，珍妮薇芙。我不希望妳再把喬治捲進妳那些亂七八糟的事情裡。到此為止。妳知道他有多愛妳，就隨便揮霍。妳害他飽受折磨，整個人都變了……」

珍妮薇芙蜷縮在她的椅子裡。她很害怕。嘉娜的聲音壓抑而冷酷，在她耳中迴盪著。喬治低沉的聲音從門口的衣帽間傳來。

「沒人接聽。」

珍妮薇芙動了一下，彷彿想跑去躲到喬治的保護傘下。面對嘉娜動也不動的身軀，她猶豫了，決定出點聲音就好：「女僕一定是在廚房裡忙……」

「親愛的，再堅持一下，」嘉娜喊道：「家裡一定有人的。」

過了幾秒鐘，她再次俯身說道：「我們費盡心力想過得開心一點，妳懂的。妳有妳的家，我有我的……我們，我的小珍妮薇芙，我們努力讓自己至少……」

她吐出一口氣，喉頭彷彿打了結：「……至少不要太嫉妒妳啊！」

她雙眼閃著激動的光芒。因為洩露太多心事，她顯得不太高興。珍妮薇芙結結巴巴地說：「可是嘉娜，我到底對妳做了什麼？嫉妒我？我這麼不幸……我什麼都沒有，可是妳，妳有大筆財產、一間房子、好幾個孩子、一個愛妳而妳也愛的丈夫……」

嘉娜把手按在額頭上，不知為何打了個冷顫。有那麼一會兒，她的目光閃爍，猶疑不定。然後她再度開口，呼吸有些短促：「妳從來沒有吃過苦。從來沒有工作過。妳什麼都有。喬治和朱利安從來沒有讓妳缺什麼、少什麼。生活對妳來說就是一頭母牛，擠了就有奶喝。我嫉妒的是這個。而我，就算再小不過的東西也得拚了命去爭，爭了半天往往還是一無所獲。人家從牙縫裡掉一點肉屑給我，我都得感激涕零地接下。而妳，妳以為別人天生就該為妳付出一切！」

珍妮薇芙搖頭：「要是妳以為和朱利安一起過日子很輕鬆……」

「是妳讓他變成這樣的。是妳，都是因為妳。因為妳每天陰晴不定，妳的哭哭啼啼，妳的各種吃穿用度，妳的不負責任。要是沒有妳，說不定朱利安早就……」

她突然住口，站直身子，重新擺出冷靜又嚴肅的模樣；她們聽見喬治的腳步聲。他走進來，故作輕鬆地說：「他還沒到家。不過我看也差不多快到了。」

他看了看手錶，摟住他妻子和妹妹的肩膀說：「七點三十分。我說孩子們，要不要三個人一起去看場電影？」

嘉娜努力擠出笑容，向著珍妮薇芙表達婉拒之意：「這個點子妙極了。不過你們兩個去就好。我呢，還是比較想留在家裡陪著孩子們。」

「不舒服嗎？」喬治面露擔憂。

「沒事、沒事……頭有點疼而已。去把臉洗一洗吧，珍妮薇芙。然後陪妳哥哥一起去。你們看電影的時候，朱利安就回家了，這麼一來，苦等妳回家的人就是他了。」

珍妮薇芙咬著她的手帕。她剛才的驚恐已經消失無蹤。她感到失望，她應得的安慰不過如此。姍姍來遲的悲泣使她胸腔高高鼓起，鼓到無法呼吸。要是能親眼看到他們的情緒反應，好好享受那畫面，她死也願意。她一定要說些什麼或做些什麼事不可，只要能扯下他們無動於衷的表情。

「我要離婚！」她喊道。

嘉娜向前一步，橫在這對兄妹之間，單刀直入地說：「妳說的不是真心話。妳就是千方百計要別人同情妳。」

但珍妮薇芙不理會她的話，繼續向軟心腸的哥哥施壓。

「喬治，這一次我是認真的，我向你發誓。我再也不想見到朱利安。他真的讓我太痛苦了……」

她把臉埋在手掌裡，又大哭了起來。喬治差點舉旗投降，可是妻子的目光讓他舉棋不定。他太清楚那種表情，預告著妻子會和他嘔氣好幾天。他比了一個聽天由命的手勢。

「我明白了，珍珍，妳要離婚……但現在是週六晚上……等週一，我就來處理這件事……」
珍妮薇芙緩緩抬起頭：「你不管我了？」
「不是，」他感到煩躁：「我沒有不管妳，只是，現在這種時候妳希望我們做什麼呢？」
滿懷怨恨，她站起身來。他聳了聳肩，她姿態莊重地朝門口走去，然後站住腳，無能為力的怒火讓呼吸越來越沉重。她想要立刻獲得和朱利安對抗的盟友。想到要獨自面對憎恨，她就恐懼萬分。
她還有一個手段沒有使出來，現在她不再遲疑。
「如果我要離婚，也不是為了我自己，而是為了你，喬治。我一定要告訴你，這件事我放在心上很久……」
喬治歎口氣：「朱利安跟大部分的商人一樣……迫於情勢的壓力他可能會做一些事情……」
「跟我想得一樣！」珍妮薇芙喜不自勝地叫道：「你什麼都不知道。」

她跑向喬治，勾住他的脖子，很高興能在這副無動於衷的盔甲上找到弱點：

「你還記得他去年跟你借了兩百萬，沒有在約定的日期還給你嗎？」

喬治向後一退，滿臉震驚。珍妮薇芙滿懷勝利的驕傲，在嘉娜凍結的目光下脫掉她的手套。她已將之拋在腦後，那椎心刺骨的傷痛，打從她達到目的的那一刻起。大大的笑容擠壓著她端正的臉龐。

「你需要那兩百萬才能行使某個選擇權……你來家裡向朱利安說明那是什麼……我也不太清楚……智利的瓦爾帕萊索港口（Valparaiso）的某某貨物……」

「海綿？」嘉娜脫口而出。

他迅速點了頭表示無誤。

「他手上有那筆錢，喬治！可是他告訴你他一毛錢也沒有。其實他是想做投資！」

喬治覺得屋內太暗了，焦躁地點亮壁爐櫃上的檯燈。

「這下好了，你以為你是來介紹他一筆再好不過的生意。而他是用『你』的錢，搶走了『你』的海綿，完全沒讓你知道……你聽懂了嗎？」

喬治一臉慘白。他的心跳漏了一拍，他反射性用手撫著心口。嘉娜一個箭步向前。

「親愛的，你別激動……」

「妳別管，」他以沙啞的聲音回應。

珍妮薇芙仍不斷說著，像匹脫韁野馬。

「後來他是還你了，用的是其中一部分利潤。但這還不是全部。你的那些保險……你知道的，在他居中介紹下你投保的那些貨物……」

「他是跟一個專門做這行的朋友一起聯手的……大賺了一筆，是吧？」

「你真是太天真了，可憐的喬治……」

「該死的傢伙！」喬治破口大罵：「我不是只保一次而已，是十次！」

「他就是在那第十一次騙你的……九十萬法郎那件事……」

「美國拖拉機？」他低聲怒道。

「沒錯……」

「妳在講哪一齣啊？他是讓我付了一筆海損！」

「那不就對了嗎！九萬法郎的海損和一堆灰燼……」

喬治跌進椅子裡：「可是這樣……如果我這邊遇上了大麻煩……」

「那就是你活該！誰叫你那麼笨！」珍妮薇芙扯開嗓門：「你那些拖拉機從來沒上保險……」

一陣恐懼令喬治額頭上沁出汗珠。他胸中怒火越燒越旺。他左手握拳，擊在右掌心上。

「人渣！」他氣得滿臉通紅。

他猛地站起，當著他妹妹的面，一邊揮舞著雙臂，眼神失焦地說：「我還正想著這個人真有膽量，上個星期還敢再跟我借五百萬！」

「五百萬？」珍妮薇芙驚叫。

「對！妳知道這事嗎？啊！他真的是膽大包天。」

「他要五百萬做什麼？」

「我怎麼會知道？他隨便編了一個故事……」他有點不放心，安撫妻子說：「不用說，我一毛錢都沒給他！天底下哪有這種事！門都沒有！」

他衝出門外。珍妮薇芙和嘉娜還愣在原地，但各有各的原因。

「這下妳滿意了吧？」嘉娜問她：「妳逼得他一定要負責照顧妳。」

「可是……他這是要上哪兒去？」

「妳以為我知道嗎？」

嘉娜疲憊不堪，轉過身去：「他一發起脾氣，誰也說不準。他大概是要去找那傢伙，往他臉上狠狠揍一拳……」

一股恐懼突然襲來，讓珍妮薇芙花容失色。

「不！」

這次換成她衝了出去，一邊高聲呼喊著她哥哥的名字。

07 第七章

靠著一把隨身折疊小刀，朱利安成功將天花板一片塑膠板的螺絲給轉開了。他在黑暗中摸索，將板子拆了下來。急切的心情使他微微發抖。所有的電梯廂都有一個開口，用來維護纜繩和電路。他用指尖在天花板上檢查了半天。什麼都找不到。開口一定是在地板下了。

好運來了：活門就在正下方！他摸清活門的輪廓，興奮得快要暈過去，又找到把手的位置，向自己一拉。門板鬆開了。一股汙氣湧進電梯廂。

他跪在地上，身體向前傾，一手撐在地上，另一隻手在電梯下方的空氣裡探索，希望能找到纜繩，或許他就能沿著纜繩一路滑到一樓。但他的手指什麼也沒有碰到。他鍥而不捨，整個人趴在地上，一邊肩膀伸入那開口之中。徒勞無功。他以九牛二虎之力忍耐、壓抑著一寸寸蔓延開來的恐慌。有什麼用？下面什麼也沒有。纜繩想必沿著牆邊走，他的手沒辦法碰到。

在黑暗中，他把眼睛閉了一會兒。只有一招了，與珍珠．懷特（Pearl White）[1]的冒險不相上下的一招：靠兩手撐住，身體垂下去，驚險保持平衡，兩腳刮擦到牆壁……勾住纜繩後將它們拉過來……

雖然必須賭上性命，這幅重獲自由的畫面還是在他胸中注入一股嶄新的勇氣。他點起打火機，試著探看電梯井裡的情況。

一個黑洞，深不見底，他手上的小小火焰放出的光亮遠不及於黑暗。他忍不住叫出聲來。他明白自己絕對做不到的，因為他的身體不夠勇敢。屈服於這壓抑不住的振顫，他猛然向後一倒，全身不斷發抖，又發出一陣詭異的笑聲，從電梯井的四壁彈回，彷彿嘲弄著他。

雷諾驅逐艦在一塊半明不暗的招牌前停下：「丁香旅店　旅店附設餐廳」

「這間可以嗎？」佛列德問。

泰蕾莎嚇了一跳，她想事情想得正出神：「可以什麼？」

「呃，可以在這裡度過週末，在這間『丁香旅店』，上面這麼寫的。我覺得看起來還不賴……」

隔著車窗上的水霧，她覺得看見了鐵柵欄的輪廓。她不想下車：「這間沒有開，」她表示反對。

「是妳沒搞懂。這種旅店全年都收客人的。好了，走吧！」

他準備打開他那一側的車門。她把他拉住：「佛列德！等等嘛……我們直接回去好不好？」

驚訝與憤怒令這位年輕人瞪大雙眼：「別開玩笑了！妳腦子裡就沒別的？回去？回哪裡去？」

「我們可以去我家度過週末？」

「謝囉！待在咪咪．班森（Mimi Pinson）的小閣樓！」

「然後明天我們可以去看電影。」

「哪來的錢？」

「呃……那這裡……你又打算怎麼付房錢？」

「那是明天傍晚的事。就叫妳不要老是杞人憂天。」

「佛列德……Please……」

他笑了：「沒什麼好怕的。相信我。我會找到辦法的。」

「什麼辦法？」

「好啦，妳到底有什麼毛病？」

「佛列德，我怕。」

她的坦承令他啞口無言。因為他也一樣害怕。可是他無法承認。一旦承認，就像接受了中產階級對名譽的基本通念一樣。他向她保證，但自己也不太有信心：「這樣吧！我打電話給老爸。他會派人送一張支票來，就不會鬧出事情來了。」

這論點似乎無法打發泰蕾莎：「還有，這輛偷來的車可能會給我們帶來麻煩。」

這句話打中了佛列德。他揚起一側眉毛，顯然正在深思熟慮著什麼。

「這倒是沒錯。好，我不用三分鐘就可以幫妳安排好冒險之旅。如果發生這種狀況，有幾個基本注意事項要遵守。」

他往四周看了一圈，發現後座放著一件整齊折疊好的雨衣。他那年輕的面孔亮了起來：「妳看，這不就有了嗎？重點在於，必要的時候，事發之後，我們彼此不能相認。妳懂嗎？聽著，妳呢，妳要用我的外套蓋住頭和肩膀……就說是因為下雨。我呢，穿上這件雨衣和棒球帽，就沒人看得見我的臉了……只要注意別正對著光，讓人看得一清二楚就行了。等等……」

他在前座置物箱中翻找著，發現一把左輪手槍！他興奮地舉起手槍揮舞，哈哈大笑。

「然後呢，要是旅店老闆不乖的話，嗯？」

「佛列德，拜託你，把槍放下來……別碰它！」

「哎喲！好！好！好！」他一邊抱怨，一邊將那把武器放回原位：「妳這個人，說起妳的膽子，無人能敵。開個玩笑都不行。我們走吧，然後……注意！」

砰砰兩聲，兩扇車門關上。屋子裡，一道窗簾拉開了，接著大門打開了，一串腳步踩在潮溼的碎石子上，發出細碎的聲響。雨已經停了。不過外頭還是十分溼涼，枝頭上還滴著水珠。旅店主人看到汽車上的人穿得相當厚，並不感到奇怪。

「兩位來得正是時候！」他熱情的高聲歡迎他們：「裡頭有暖氣。」

「勞煩您把車子開進院子裡了，」佛列德換了一種聲音對他說道。

旅店門廳布置得小巧怡人，有幾張椅子、矮桌子和高高的櫃台，後方站著老闆娘，一個開朗的胖女人，正在那兒記帳。她露出大大的笑容：「先生好、太太好！這什麼天氣，兩位可別以為……不過明天您就會看到了……咱們這裡的陽光啊……天氣預報說……」

她突然停了下來。這兩位剛到的客人彷彿被一陣旋風吹上門，令她突然生出戒心來。她半站起身來，不安地問道：「兩位需要些什麼？」

佛列德用手肘推推泰蕾莎。她怯怯地說：「要一間房，週末兩天。」

順利無事走到樓梯下的暗處，他們稍稍放下警戒心，走路姿態也顯得輕鬆許多。商業笑容又回到老闆娘的圓餅臉上：「啊！我知道是怎麼一回事了！」她用食指促狹地指指他們，露出像媽媽一樣心知肚明又故意捉弄的笑容：「蜜月旅行，我打賭一定是！」

「您猜對了，」佛列德回答。

旅店主人踏上台階，出現在大門口：「瑪蒂德（Mathilde），給他們八號房，那間整理好了……我來把車開進來，先生。」

他消失在夜色裡。他太太點亮櫃檯上的一盞石油燈，一邊說明：「二樓的電力故障了。但我們早有預備，兩位也看見了……正適合浪漫的小旅行……這種燈照起來比較暖、比較美……希望兩位不介意？」

「不會！」佛列德說：「您說得有道理，這樣比較浪漫。」

為了泰蕾莎好，他更用力贊同老闆娘的話，同時舉起大姆指，眨了一下眼。

那女人繼續重重踩踏著他們面前的階梯，手臂向前伸，舉著那盞石油燈：「要是沒這玩意兒，我就會讓你們跟我們一起住一樓。這個時節沒什麼人，現在不是旺季。可是你們會發現，我們的服務無微不至……還有，老闆的手藝……別的不用說，他是在巴黎好幾間旅館裡當過廚師的……」

她踏進走廊，樓上的房間沿著這走廊一字排開。

「暖氣已經開了，有什麼需要再叫我。對了，兩位吃過晚餐了嗎？要不要我拿點簡單的食物上來？」

「好的，要一壺茶，」泰蕾莎說。

「再來點吐司、奶油、乳酪，」佛列德接著說。

「還有橘子果醬！」老闆娘下了個完美句點：「真奇怪，現在的年輕人開始喜歡變瘦以後，個個都把早餐當晚餐吃。我立刻拿上來……好啦，到了。」

她打開八號房的門，率先走進去，把燈放在壁爐櫃上頭。兩個年輕人往前走，背對著燈光。房間相當寬敞，家具簡單，但不失品味。床鋪很低也很寬大，上面鋪著和窗簾以及隨便掩著洗手台和坐浴盆的掛簾同一花色的床罩。一座巨大的諾曼第衣櫥，客人恐怕很難掛滿。一張桌子、兩把椅子和一張很大的高背伏爾泰椅，其中一側的頭枕已經脫落。

「可以嗎？」老闆娘詢問他們，表情看來十分真誠。

泰蕾莎覺得房間超乎預期的好，她雙手交握，說：「非常好。謝謝您，太太。」

「那就好。好啦，不打擾你們這對小斑鳩了。我去準備茶和吐司……待會兒還要把表格拿上來，麻煩你們填一下，可以嗎？哎啊！我們也不願意啊！對不對……」

「不用那麼麻煩，」佛列德打斷她的話：「您自己填一填就行了……」

「那就照您的意思……對我們來說，您也知道的，小心謹慎，是這一行的本分……大家都看得出來，你們兩位是連一隻蒼蠅都不會去傷害的……」她笑了起來，發覺得不到共鳴，便自己打住：「只是警察那邊，您不知道多愛給人找麻煩……」

佛列德望著泰蕾莎，嘴角微微上提。他不急不徐，一字一音清晰無比說出：「朱利安．庫爾托瓦先生和太太，巴黎莫禮托路一一八號。」

少女差點驚叫出來。幸好瑪蒂德已經走到門邊。

「朱利安．庫爾托瓦先生和他的夫人。太好了。那就待會兒見囉！」

她從外頭把門拉上。只剩他們倆了。佛列德胡亂把雨衣從身上扯下來，雙腿併攏往床上一蹦：「大功告成啦！不怎麼難嘛！」

他向後一靠：「如何？說點什麼啊！是不是都安排得很好，嗯？我很行吧，是還不是？」

放鬆了些，也被他逗樂的泰蕾莎凝望著他。她心想著：「真像個小孩！」與此同時，他的機靈、聰明和快如旋風的姿態使她心中洋溢著崇拜。他伸展雙臂：「不給妳的家庭小精靈一個親親嗎？」

她慢慢靠近，有點放不下心，因為門栓還沒拉上：她鄉下女孩的那一面，佛列德會這麼說。一等她走到他伸手可及之處，他就摟住她的腰，一把將她拉到自己身上，貪婪地吻著她柔嫩的唇。她沒有反抗。男孩的手遊走著，尋找著毛線衣下赤裸的肌膚。她撐起身體來，微微顫抖：「佛列德！親愛的……」

突然間，他跳起來，把泰蕾莎扔在一邊，伸長了耳朵。外頭，在旅店主人笨拙的操作下，驅逐艦的變速箱被蹂躪得發出吱吱嘎嘎吃力又憤怒的聲響。

「我這輛老車要毀在他手裡了！」

泰蕾莎用兩隻手掌包住他的脖子。他深深吸了一口氣，再度撲向她的唇。他的手指碰到了乳房的尖端。她嬌喘了一聲。佛列德暫時將她放開，不知為何揉起鼻子來。一如以往，欲望總令他鼻腔發癢。他重新將她擁入懷中，五官線條變得深邃，賦予這張年輕的臉龐一分轉瞬即逝的男人味。他肌肉的微微震顫傳遞到少女身上，她於是張開眼睛來看他：她特別愛這種時刻的他，因為她的男伴變成了一個男人。

樓下，旅店女主人正將杯碟放到托盤裡。

「夏勒（Charles Fraignoux），把鞋底刮乾淨，」她向正要進門的丈夫下達指令：「不然你把整個院子的泥巴都給我帶進來了。對了，剛才停車的時候，你有沒有順便看看車主的名牌？」

「怎麼沒有，」他老大不高興地咕噥著：「叫朱利安．庫爾托瓦。」

「那就好。跟他告訴我的名字一樣……不過，雙重確認嘛，對不對……你是怎麼了，臭一張臉？」

他走過來，悶悶不樂的樣子：「我們本來好好的，正翹著二郎腿……」

「你就抱怨吧！這樣可以賺到一整個星期的錢了。」

「可是我們還不確定他們真能付得出房錢。」

「那男的有車，我們不會落得兩手空的。」

她把熱水倒進茶壺裡。夏勒抓起一片吐司，慢條斯理地抹上奶油：「吐司這種發明真是太厲害了，所有乾巴巴的麵包都能賣得掉……」

瑪蒂德把托盤拿開，嚴肅地說：「別全吃光了。留一點給人家。」

「妳根本不用操這個心，」他朝天花板擺了擺頭：「他們有比填肚子更重要的事好做呢，妳懂不懂！」

「你整天就想著那些下流的事。你又知道了？」

「是妳先放了盞燈，我才會看到影子的啊。」

「是嗎？我看就是因為這樣，你才會在外面拖拖拉拉那麼久。老色鬼！但你不必白費心機了。人家有年輕小夥子，才不會盼著你呢。」

他聳聳肩膀，嘴裡喃喃自語，吞下最後一口吐司：「反正都是有夫之婦了。」

「你說不定誤會了，」老闆娘神祕兮兮小聲說道：「我用你不肯買給我的那件兔毛大衣賭你那條週日用的領帶，她不是他太太。你沒看見他們兩個剛才那副表情，一臉共犯的樣子？」

「那干我什麼事？」

他伸長手，想再拿一片吐司。她往他手背上打下去：「我跟你說夠了喔！」

她端起托盤，走向階梯。他一副心不在焉的樣子，想都沒想就伸出手，往經過他身邊的老婆屁股上重重拍了一下。她笑了起來，恢復托盤的平衡之後說：

「白痴喔！想學人家年輕人？」

「佛列德、佛列德，你愛我嗎？」

她的聲音中帶著焦慮不安。這一次，佛列德難得沒有裝模作樣。他放鬆的臉看起來既純潔又極其稚嫩，簡直像個小男孩。他點了好幾次頭。有人敲門。

「可以進來嗎？」瑪蒂德的聲音從門板外透過來。

泰蕾莎一陣驚慌：「稍等一下，馬上好……」

她跳下床，身上什麼也沒穿，撿起雨衣來，把兩臂套進去。佛列德則把自己的衣服拉整齊。

「請進。」

老闆娘走進房間，故意表現得非常謹慎，什麼都沒看到的樣子，全世界的優秀旅館人員培訓學校都該把這一套教給學生。泰蕾莎感到非常不自在，她覺得有必要加以解釋：「我們有點隨便，您也知道……我的衣服都淋溼了……」

她突然想起佛列德的指示，轉過身去，以免之後被認出來。他則躺在床上，用一顆枕頭掩護自己。不過瑪蒂德有更重要的事要關心。她不露聲色的觀察散落在房內四處的少女的內衣褲。她把托盤放在桌上，露出成年人想掩飾他們對青春的嫉妒之心時才有的那種假惺惺的感動表情。

臨走前，她在門邊眨了一下眼表示心領神會才離開，然後快步衝下樓梯：「夏勒！我剛是怎麼跟你說的？」

夏勒一驚，轉頭過來說：「什麼？」

「她不是他太太。」

「她跟妳說的？」

「不是，可是我看到她的內衣了。她是個可憐的小女孩。要是你看到她那件襯裙……那個男的，無論如何，既然擁有那種車，必定是有點地位的！雖然是這樣……畢竟沒看到胸罩。」

「那又怎麼樣？」夏勤不解。

「是這樣的，」她分析給他聽：「已婚女人都會穿胸罩。她肯定是他的小女朋友，不是他太太。」

佛列德一個箭步衝向吐司。

「你愛我嗎？」泰蕾莎又開始問。

他笑著盯著她看。她那副模樣好像一隻迷路的狗，眼睛看起來有點哀傷，纖瘦的身體幾乎被寬大的雨衣淹沒。

「不同時間做不同的事。吃吧！」他回答。

「我不餓。」

她覺得委屈，真想盡情聽他寵她、哄她，又不敢和他賭氣。這招對佛列德從來沒有用。她斟滿一杯茶，被他一把搶去，一口氣喝個精光。喝完以後，他把乳酪和果醬抹在吐司片上，用他美麗的牙齒大口咬下。

「如果要愛妳，我得先恢復力氣啊！」他往床鋪方向努努下巴。

她笑不出來。佛列德的瀟灑與自信總是讓她無法反抗。他一放下茶杯，她就捧起他的手，將她的唇貼在上頭。然後溫柔地撫摸他的臉頰。

「妳真有趣，」他如此評論，為自己感到驕傲：「妳沒有英國人那種冰冷。妳的熱情就像一口氣注入小啤酒杯裡的啤酒泡沫那樣滿出來……」

一片吐司還沒送進嘴裡，他覺得有點不對勁：「這個比喻很不錯的，妳聽……一口氣注入小啤酒杯裡的啤酒泡沫……妳都沒感覺嗎？」

她試著想參與這個遊戲，但力不從心。他發難了：「好啦，妳又怎麼了？」

「沒事，佛列德，我向你保證。」

「那妳擺這個臉什麼意思？妳沒搞清楚嗎？我們費這麼大的勁是為了妳……沒錯、沒錯，妳不要抗議。妳很清楚這不是為了我！如果問我，週末的時間，我多希望可以用在沉思默想。我是為了妳才做這些事的。我為妳偷了一輛車，我花錢讓妳可以在鄉下待一個週末……」

她愛他開始發怒的時候。天曉得為什麼，但憤怒是一種男性特質。她不知不覺將一隻手放進雨衣裡，輕輕撫摸自己的腹部。她沒有意識到自己正形成某些想法，突然小心翼翼冒出一句話：「你覺得我們很快就可以結婚嗎？」

他正在喝第二杯茶，差點嗆到。

「妳老是問這些問題！我怎麼會知道？」

她硬是繼續追問，一步步向他靠近：「可是你愛我！你說過你會娶我！」

他咬下一大口食物，讓自己有時間能夠思考。他不能在唯一認真看待他的人面前丟臉。泰蕾莎在伏爾泰椅上盤腿坐下。雨衣被撐開，露出膝蓋，在昏暗的燈光下發出柔和的光澤。佛列德同時結束了他的沉思與吞嚥。他開始比手畫腳地走來走去。他的影子在牆上手舞足蹈，隨著離油燈越來越遠，影子變得越來越大。

「真是聞所未聞！人家是傾其一生要從第一塊石頭到最後一塊石頭，鏟除中產社會的礎石。而妳，妳剛才卻跟我說要結婚……這不就代表妳沒有能力，妳常常這樣，無法把個人利益置於全體利益之後？」

在內心深處，他不想對她生氣，而且泰蕾莎是那麼可愛……他聳聳肩膀，在椅子扶手上坐下，用手背掠過裸露的膝蓋：「再說，結婚對妳又有什麼好處呢？難道現在這樣妳不快樂嗎？」

「沒有，佛列德。我只是覺得……」

「不要再說了！想想我們。我們在這裡，我們在一起……」

佛列德的嗓音變得粗啞，按在泰蕾莎裸露肌膚上的那隻手也加大了力道。她感到內心波濤洶湧，但她繃緊身體，努力抵擋。他自顧自不停說下去，不乏自我膨脹的成分，因為他不只需要女伴對他的渴望，也需要自己對自己的渴望，而且他很清楚自己的話對她有催眠的效果。由於她一直沒有放鬆下來，他便彎下身去吻她的唇，使出在他腦中被標上「加速程序」的武器。通常親吻會讓泰蕾莎暈頭轉向。這一次她躲開了，還用傷心絕望的口吻重複了一次她的問題：「佛列德！你會娶我嗎？」

「當然會！」他急忙堵住她的話：「不是說定了嗎？」

他試圖將她抱住，硬吻下去，好撲滅這意料之外的抵抗行動：「就算這很中產階級嗎？」她仍不放棄。面對他的舉動，她向後縮起身子：「佛列德，清清楚楚回答我……你不會拋下我吧？」

男孩的虛榮心已經承受不住。他站起身來：「在這種情形下，清清楚楚回答妳，那我就是自降格調。妳聽好了，泰蕾莎，因為妳自個兒是永遠想不通的。從良心面來看，咱們倆互不相欠！」

他不急不徐啃完一小塊吐司才又開口說話：「我們兩個算扯平了。我跟妳在一起玩得很開心。而妳也是。這妳不能否認。良心上就是這麼回事。」

她的頭微微歪向一邊，努力理解他的話，雨衣在胸前微微敞開，十分惹人憐愛。他把態度放軟了些，牽起她的手，吻她的手掌心，一邊開玩笑說：「認真說起來，妳還欠我一些呢。」

他哈哈大笑，跪在她面前，將她擁入懷裡。泰蕾莎任由他去，但態度並未鬆動。因為急於了結這件事，他讓步了：「我當然會娶妳囉，就算只是為了讓老爸七竅生煙。」

「你保證會這麼做嗎？佛列德，你發誓會這麼做嗎？」

他睜大雙眼：「妳究竟是怎麼了，泰蕾莎？」

她平靜下來，露出笑容，眼眸中閃爍著喜悅的淚光：「我懷孕了，小佛（Freddy）。」

他當場愣住，久久無法言語。他的雙臂從她身上滑落。她滑下扶手椅，蜷成一圈緊靠著坐在地毯上的他。

「我好沒用，小佛……還這麼中產階級……這不是我的錯，可是……我一個人是沒有勇氣去拿掉他的……」

譯註1——美國早期默片明星（西元一八八九至一九三九年），她在電影中的角色經常有大量驚險鏡頭，而她大多親自表演這些特技動作。

08 第八章

莫禮托路公寓的衣帽間裡，珍妮薇芙靜靜站著不動，彷彿全身已被抽空，彷彿一張沒有風的帆，失去了推進力。她望著自己的哥哥，感到呼吸困難。他面色如土，還氣喘吁吁的。他比了一個手勢，請女僕離開，噗通一聲坐下來。

「好，」他說：「妳現在相信了吧？他不在……妳可以安心了……」

她想開口說是，卻做不到。字句哽在她的喉間，未能實現的奇蹟令她焦慮不已。喬治轉過頭去，心情惡劣。

「妳就非那樣不可，一定要像個瘋女人在樓梯間追著我跑，讓我的鄰居全都跑出來看，就因為妳口口聲聲說在那段期間他一定已經回到家。我竟然相信了妳的話。」

他疲憊不堪的站起身來：「晚安，珍妮薇芙。想辦法睡一覺吧。」

她追上走到門口的他。

「你要走了？」

喬治垂下頭。

「我得回家睡覺。它沒力了……」他指指自己的心臟……

「我還以為你打算……」

「打碎他的下巴？對，在那個當下，我氣到失去理智。但現在我比較想要顧好我脆弱的健康……」

他為她感到同情，試著露出笑容：「別這副表情嘛，寶貝妹妹，明天一起床，你們就會和好了，然後……」

他看見妹妹的表情便打住了，那張臉上翻攪著熊熊怒火。她幾乎無法好好說出每一個字：「絕不！你聽到了嗎？絕不！就算他真的在家。但，對我做了那種事！我絕不會原諒他！喔！別離開我，喬治，別丟下我一個人，我求求你。你還記得嗎？你答應爸爸會照顧我……」

「我什麼時候要丟下妳一個人了……」

她立刻激動追問：「承認你不相信我啊！承認啊……」

「我當然相信妳……妳打算離婚。聽著，週一去見我的律師，好嗎？」

「不！為了他對你做過的事……」

沒等他回答，她就衝進房間裡，開始扯開她那張帝國風格小書桌上的抽屜，把紙張扔得到處都是。

「妳在找什麼？」喬治走過來問。

「他的帳簿。真的那本。EXIM裡的東西全是假造的，為了錢、為了你和所有被他搾乾的其他金主編出來的。」

喬治站在房門口，感到有點緊張，眉頭深鎖。她遞給他三本大冊子。

「吶，拿去好好看看。」

他一臉狐疑。

「他為什麼會覺得需要把自己盜用的錢記錄下來？」

她哈哈大笑。

「哎啊！我可憐的喬治，你太天真了。這樣他才可以查啊！他動了哪裡、花到哪裡，已經亂到不像樣了！他連跟誰借的都記不住了！晚上的時候，他會念這些來逗我笑。」

看到喬治痛苦的表情，她把話又收回了一點。

「沒有笑你，我對你發誓。我們從來沒有拿你取笑，喬治。我不會讓他這麼做的。」

她激動地撲往她哥哥的懷裡，而他用雙臂環住她。

「你知道我有多愛你，我的喬治，我多麼重視你。不要把我交到這個騙子的手裡。有一天他會殺了我的。他做得到……」

「好了、好了，珍珍，妳不要越說越激動……」

他輕輕撫著她的頭髮，在尋求平靜的渴望與悉心呵護的個性之間掙扎不已。

珍妮薇芙流露的那種玉石俱碎的狂怒令他感到恐懼。事後她肯定會後悔的。

「聽我說。凡事三思而後行。我們週一再仔細商討。反正在那之前什麼也做不了。如果到時妳還是如此堅決，我們就聲請離婚……辦妥之前，把這收好。」

他把帳本還給她，而她不肯接下。「收好，更不能讓他曉得我已經看過。」

珍妮薇芙得極力控制自己才能冷靜說話，但她做到了。

「你以為這只是我又一次的情緒崩潰。你錯了。你看清楚。我就是因為頭腦清楚才會對你說出這句話：我不會收回我的決定。我要讓我自己面對鐵打的事實。這就是為什麼我要把他的帳簿拿給你。這個人應該被關進大牢裡。」

「妳想得太美了。」

「這樣我就能離婚了。」

他輕輕拍了拍她的臉頰。

「天真的是妳吧！嫁給了一個騙子不會讓婚姻無效。兩件事八竿子打不著關係。妳得當場抓到現行犯才行。」

「那我們就去抓現行犯。」

「去哪裡？」

她咬著手指仔細思索著：「他一定是在蒙馬特。我們走。」

喬治無能為力地張開雙臂。

「該去抓現行犯的人不是我們，是警官。」

「我想到了。我去警局報案，說我丈夫失蹤了怎麼樣？」

這可憐的男人頹然在床邊坐下。他牽住妹妹的手腕，將她拉近身邊。

「離婚的事，妳是認真的？」

「對，喬治。」

「妳自己好好想想，我的小珍珍。如果妳真的下定決心，我會勇往直前。到目前為止，我一直都對朱利安很客氣，希望這樣能讓妳過得幸福快樂。如果現在妳告訴我、妳不想再見到他了，我會使出一切合理手段讓他無法再接近妳。」

「我決心要這麼做，喬治。我希望你拆穿他，把他打進大牢。」

「了解，」他站起身來，說：「走。」

她一聽，緊張了起來。

「走去哪？」

「妳的點子很好。妳要去報案，說妳丈夫失蹤了。警察會到處找他，如果他們發現他的時候旁邊有個做雞的，或許探員們的親眼目睹可以構成現行犯的條件。既然有他的車牌號碼，辦起來應該不難。」

「那這個呢？」她指著那些簿子問。

「我週一早上會去報案。」

「現在就做，喬治。你人太好了，到時候你會同情他，而他不值得你同情。」

「有可能。不過，就算我事後又同情他，只要我已經決定要這麼做，我就不會再讓他出現在妳面前。必要的時候，任妳怎麼說也沒用。八字還沒一撇，妳還有機會說不。」

他試著對上她閃躲的目光。

「要不要先算了？」他提議。

這一次，她抬起淚溼的眼眸望著他。看見她眼中的失序與紊亂，令他的心揪成一團。

「我們明天早上再把所有事情談一次好嗎？」

「那你現在要做什麼？」

「我已經說了，我要回家睡覺。」

「那我呢？」

「我怎麼會知道，小寶貝！」

她立刻做出決定。

「不，喬治。我們不要算了。不要離開我。」

喬治把帳本塞進大衣口袋裡，再把大衣捲起來。

「我們去警察局吧。妳說妳丈夫今晚沒有回家的時候要小心。妳可以說你們打過電話，但千萬不要說妳看到他駕車離開，知道嗎？」

「好，我會。」

他們走出大門，手牽著手，彷彿當年她走在大哥哥身後的畫面一般。

對懦弱的人來說，取代意志的有時候是固執。朱利安已經決定要挑戰這場冒險。他要沿著纜繩滑下去。學生時代上體育課的經驗給了他勇氣。那時老師會叫他們做一些繩索運動，還在全體同學面前表揚朱利安做得很標準。

儘管如此，他還是先轉過身去，背對腳下那一大片缺口，一邊脫下外套。他深深吸口氣，先坐到地板上，雙腿懸空晃蕩，然後從那開口滑下去。

下方一片空空盪盪令他頭暈了起來，他只能靠手肘撐住，直到克服了暈眩感。

他試著想像電梯廂狹窄的空間現在變成電梯井觸手可及的四面牆壁。他向後方伸長身體，希望能用腳碰到牆壁。不行，太遠了。他咬住嘴唇。一定要做才行。幸好他體能不錯。慢慢的，他的上身、他的頭部都沒入那個黑洞之中。

靠雙手懸吊著，手指緊緊攀住維修孔光滑的邊緣，他害怕起來，有種一切都完了的感覺。他放開手，下墜不知多長距離之後，跌落在下方。從惡夢中爬起，他驚訝的發現自己還在這世界上；因為恐慌而呼吸急促，但還活著。出於本能，為了平息紊亂的心跳，他想起最近好不容易跟珍妮薇芙一起過上的寧靜快樂的生活。他沒去想薄格利，只想著他重獲的自由……前提是得逃出這座監獄！

一陣電流竄過他的肌肉。他試著站起身來。他做到了。他能完全控制自己的身體。他向右前方一踢。他的腳立刻狠狠撞上牆壁，那力道讓他差點要放棄。不過找到手腳可觸及的目標，這分喜悅蓋過了恐懼。這是有機會成功的！下一步要做的就是檢查電梯井的四面，直到找到纜繩的所在。

第一波嘗試失敗了。每個角度摸到的牆壁似乎都非常光滑。他按部就班，再次靠著手肘的支撐讓自己挺起身子，喘口氣，再設法讓身體向右轉四分之一，想探索看看右側牆壁。他再次墜入黑暗中。

一聲淒厲的叫喊隨之從他喉嚨中發出，差點耗盡最後一絲氣力。他的鞋尖碰到一些在動的東西！他像個空中飛人一樣試著保持平衡。是了……是了……毋需多言，纜繩就在這裡，他終於找到了。淚水滾過他的臉頰，他自己卻不知道。抓著開口的邊緣，由於支撐著整個身體的重量，他的手指已經發白。他把左腿向前抬起，覺得自己快要感動得昏厥過去，因為某個東西掠過他的腳踝。纜繩！他勾住那條纜繩。帶著萬分謹慎，把腿收回來。就在一瞬間，他一鼓作氣用大腿將纜繩纏住。接下來，就像小孩子的遊戲，只需要握住它，用兩隻手緊緊抓住這天賜的救命索就可以了。

只不過，他一時腦熱，忘了他那兩隻手……他的左手突然撐不住了。他摒住呼吸，在一片漆黑中閉起雙眼。纜繩不知去向。

只靠右手吊在半空中，他向珍妮薇芙呼救：「我是為了妳才這麼做的！」……他的一生在他腦中凝成一瞬。他不敢再吐出一口氣。他沒有發現他的手自動向上伸去，在他肩膀上方摸索著，終於找到缺口的邊緣，回到原本的位置。直到此時他才回了魂。累得半死的朱利安一動也不動。他的呼吸聲短而急促，像一隻怪獸般的生物填滿這不見天日的無聲。

他已無法再思考，開始向上攀。等到他顫抖的膝蓋一碰觸到電梯廂的地面，全身的氣力便離他而去。他癱倒在地上，幾乎喘不過氣，他沒昏過去，只是魂飛魄散。

這間警察局跟所有巴黎的警察局一樣，貼著一堆海報，氣氛沉悶而煩躁。職員一臉睡意，一邊繕打報案單一邊呵欠。珍妮薇芙全身上下連四肢都抖個不停。喬治只得不斷過來協助她。

「庫爾托瓦，手部的托還是言部的託？」祕書一邊揉眼睛一邊問。

「手部的托，托盤的托，」喬治趕忙回答。

「他是幾點打電話給您的？」

「啊？」

珍妮薇芙完全不進入狀況。喬治咬了咬下唇：「朱利安是幾點鐘打給妳的？」

「他……他沒打給我……」

職員這下彷彿清醒過來，略帶譏嘲打量著她。喬治拉了她一下：「怎麼會，妳不是告訴你們兩個在電話上……」

「對，是我打給他的。」

職員回到他那張紙上。

「是六點半打的，」喬治說。

「在那之後，您就沒再看過他了？」

喬治等待著珍妮薇芙開口回答。她的思緒依然飄在雲霧之中。司法機關這種肅穆的地方令她感到害怕。這一次說話的又是他：「沒有，先生。而且哪裡都找不到他。他不在家裡，也不在辦公室，也沒來我家。哪裡都找不到。」

「他一定在某個地方的……」這是職員唯一發表的見解。

「您什麼時候能告訴我們找……」

「這個嘛……」職員做了一個意味不明的手勢：「有時候，花不了幾分鐘就解決了……我們會打給醫院、停屍間……看運氣。」

珍妮薇芙靜靜掉下淚來。

「先生，能否麻煩您到時派人到我家通知我。在有消息之前，我妹妹會待在我家……以她現在的狀況，我不能放她一個人待著……」

「您的地址是？」那位公務員歎了一口氣，他又快睡著了。

朱利安捲土重來。只是現在分不清哪一面才是正確的牆了。他更不分清東南西北。也罷。要重來幾次，就重來幾次。汗水自他的前額滑落，他又從頭耍起那套驚險萬分的高空特技。

第二次嘗試時，他勾到了纜繩。他以顫抖的腿將它夾住，貼住身體中線。他高興得不得了，決定稍稍休息一下。

不一會兒，他便在心中擬妥計畫。他要靠著腕力垂降到地下室，重啟電源。銷毀他辦公桌上那些危險文件。小心！別忘了清除他在電梯裡留下的一切痕跡，也別忘了在離開之前關閉電源。可是回到家的時候，他該如何向珍妮薇芙解釋呢？

「待會再想辦法吧！」

他緊緊抓住面前的纜繩。他的胸腔規律的隆起又消退。隨著同樣韻律，他的雙手輪流放開纜繩，再緊握住更下方一點的位置。到最後，心中升起一股從未嘗過的飄飄然感受，因為他證明了人類比物質更加優越。肌肉與理性的完美結合，使他心中漲滿自尊與驕傲。他再滿意不過了。

突然間，他纏繞著纜繩的腳碰到了某種阻礙物。一個他看過一百次但從來沒放在心上的畫面此刻從腦海中一閃而過：那是在電梯下方，落到井底的彎曲的纜繩。終點站到啦！所有乘客請下客！到底啦！

已經離目標這麼近了嗎？

他到底距離地面有多高？他沒想到要測量自己下降的距離。他有可能在一樓，也可能在九樓！如果直直滑下去會如何？

他的大腦完全失靈，想要不顧一切去相信所有逃脫的可能，這種不理智的渴望導致他連最基本的計算都做不到：如果把整條纜繩拉開，長度應該相當於十二層樓高。電梯廂既然在最高處，纜繩彎折的地方大約在七樓處……

如果接受這點，代表放棄離開這裡。除非你放棄活下去，徹底放手，讓自己掉下去摔得稀巴爛。他寧願想像自己只離地面幾公尺。他吊在半空中，繩子在手臂上繞了好幾圈，手腳胡亂舞動……希望腳尖能碰觸到堅實的地面。什麼都沒有……誰曉得，離目標說不定只有幾公分了！命運的殘酷使他心中漲滿憤怒。如果他跳下去，讓「他」知道呢？「他」是誰？然後他立刻看到自己在空中打轉，以自己為中心，像一只陀螺一樣旋轉著，結束在……結束在……何時？

一陣震動中，他再次成功落在纜繩的轉彎處。某種東西，或許是打嗝、或許是呻吟，從他體內釋放出來，使他自己都嚇了一跳。最好的情況下，他得再藉助手腕的力量爬上去……賭上他可悲的生命。

珍妮薇芙已經失去最後一絲勇氣。她甚至連眼淚也沒有了。喬治讓她覺得好害怕，他眉頭緊鎖，眼神強硬。走出警察局時，他抓住她的手臂說：「快，我們已經浪費不少時間。」

「我們現在要去哪裡？」

「妳待會就知道。」

他把她推進車子裡，開車上路。他繃緊神經，穿過夜晚的車陣。他心中為妹妹感到同情與不捨，可是某些手術非做不可。所有外科醫生都會對你說這句話。儘管如此，他還是不敢看她，唯恐她會從他眼中讀出他認為即將到來的巨變是件好事。他無法再保持沉默。

「妳就待在我家，直到一切結束。」

「好，喬治。」

他鬆開方向盤，在她手背上輕輕拍了幾下，想讓她心情好點。

「對了，他們有可能也會詢問妳一些問題。妳不要受影響。妳還記得剛才報案是怎麼說的？」

「記得。」

「不會很難的，妳什麼都不知道，曉得嗎？妳一直等到十點鐘，去報案純粹是因為怕他發生意外。記住了。再說，我也會在妳旁邊。」

「好，喬治。」

既然要做到底，第二階段的問題同樣要小心應對。

「妳應該明白，」喬治向她解釋：「這對妳的離婚有利。妳一概不知。妳從來沒懷疑過丈夫會出軌。妳是那個不幸、悲慘的女人，從來沒有一絲疑心。」

「我明白，喬治。只是……」

他猛地捶了一下方向盤。

「沒有『只是』！妳不會又要改變想法了吧？我醜話說前頭，妳要是這樣做，我就不管妳了！」

「我不是這個意思。」

「那是什麼意思？」

「我剛才在想……你想想看，他真的發生意外的話。」

「如果是這樣，剛才在警察局的時候，他們就會馬上告訴妳了。」

為了閃避一輛從孔多塞路騎出來的機車，他們的車子突然往旁邊偏了過去。由於烈士路是個陡坡，他得切到二檔才行。

「差一點害我熄火，這白痴！」他低聲抱怨。

「喬治，我們為什麼要上來蒙馬特？」

他歎了口氣，因為他已經把這件事拋在腦後了。

「如果我成功找出他在哪裡，把他通報給警方，事情就好辦多了……妳不會動搖吧？」

「不會、不會，」她回答，彷彿認真思考著什麼。

到了梅德拉諾馬戲團（Médrano）那邊，他們往左轉，開上環城大道。珍妮薇芙彷彿後悔了一般開口說道：「你覺得會不會……」

他大發脾氣：「聽著！不要又開始了！我已經跟妳說得很清楚了。現在開始，妳不要插手。」

皮卡勒廣場（Place Pigalle）滿是車潮與人潮。喬治把他的前輪傳動汽車停在藥局門口，他們各自從自己那一側下車。因為急於和哥哥會合，珍妮薇芙下車時露出了好一截小腿。一群美國黑人士兵立刻圍成一圈，大呼小叫，引得附近的人全都靠了過來。喬治牽住她的手，把她拉走。

他們苦於無法突破團團圍住的人群。更不用說此時喬治認出了一個熟悉的身影，立刻衝上去追那個人。

在一間夜店門口，有一群人垂涎欲滴地望著一批被明晃晃的燈光照著的「立體彩色」裸女照。他們倆得走到車道上才能繞過這群業餘藝術愛好者。就在此時，一個男人靠近他們，口中喃喃說著一些聽不清楚的話。喬治沒看到他。珍妮薇芙認為他是個乞丐，心一揪，便打開了皮包。而陌生男子則誤解了她的舉動，以為她打算和他進行地下交易。為了待會能吹噓他手中有好貨，也讓這位女客能先嘗點甜頭，他將藏在手心的一張相片展示給她看。她毫無戒心往那相片投去了目光，一股反胃的感覺立刻湧上喉間。

「喬治！」差點失去意識的她大喊。

販子立刻逃得無影無蹤。喬治往回走，抓住她的臂膀說：「放下妳自己一分鐘都不行！這次又怎麼了？」

她伸出一隻手，激動地指著：「那邊……那個男人……」

「是朱利安？」

「不是……他想要……喔！」

喬治努力要自己別擺出惱怒的姿態，攔下一輛計程車：「跟妳在一起我什麼都做不了。好了，上車。這樣比較好。妳請嘉娜讓妳住客房。我回去再把事情的經過告訴妳，妳要鎮定一點。」

她不願意。不過，沒等她同意，他就將她推進車裡，向司機丟去一句：「瓦倫納路……開車吧……」

雙手彷彿火燒一般，還流著血，朱利安終於抵達電梯廂。上氣不接下氣的他再也支持不住，重重倒下。有那麼一刻，他對這恐怖的現實失去了認知。接著，一點一點的，意識又逐漸清晰了起來。他轉過身仰躺著。一根香菸……

想抽一根菸的欲望立刻占據所有心思。他大衣口袋裡有香菸。靠著顫抖的手指，他把衣服攤開在地板上，開始翻找。有一整包！現在，他試著把它從菸草包裡取出來。彷彿回到打仗那段老時光啦，是吧？到週一早上前得嚴格配給……幸好上帝創造了菸草！

黑暗中，「青環牌」（Disque Bleu）乳白色的包裝彷彿依稀可見。他笨拙但鍥而不捨地設法拆開包裝紙。一個失手，那發光的小小希望便墜落，又彈起。朱利安伸手一撲，未能準確命中獵物。更倒楣的是，那隻手把那包菸推向開口邊緣，彷彿在演喜劇一般，它撞上那邊緣，失去平衡。半秒鐘前還在他的視線內，接著便消失不見了……

震驚到無法動彈，蜷縮在那敞開的活門上方，這囚徒在恐怖的無聲中摒住呼吸。在下方，好遠的下方，傳來一個微乎其微的聲響……那包菸落了地。

此刻，朱利安忍不住痛哭失聲，揮拳捶打地板，像著魔的人一般嘶吼……

佛列德和泰蕾莎手牽著手睡著了。睡夢中，他們純潔的臉龐如天使一般。

09 第九章

一輛嶄新的積架，車牌登記為TT[1]，行駛在凡爾賽道（Route De Versailles）上，後頭拖著巨大白色拖車，顛顛簸簸的跳動著。握著方向盤，彼得羅·卡拉錫（Pedro Carassi）一邊注意路況，一邊注意後視鏡裡的妻子。她堅持要坐在後面旅行。他十分不安，一開口卻是歡快的語調：「親愛的，妳不覺得很好玩嗎？我只要超越一個單車騎士，那個時候，再有一輛汽車跟妳擦身而過的話，你們就會在同一個高度。」

她沒有回應。

「都還好嗎，潔梅恩（Germaine）？妳聞聞這空氣……哎啊，美好的假期就在眼前！」

他的妻子一句也沒有反駁。她冰冷無情的眼神在那塊小小鏡子裡持續與彼得羅對視，而他最終垂下了眼睛。他渾身發抖。

有那麼一會兒，他們靜靜向前行駛著。「她是不是在懷疑什麼？」他心想。他雙手緊緊抓住方向盤，舔舔嘴唇，再度嘗試與妻子和好：「拜託，難道要去度假妳不開心嗎？」

沒有回應。只有後照鏡裡意味深長、充滿怨恨、死盯著他的那雙眼。實在難以承受。他再也無法鼓起勇氣。怎麼做都沒用。他收緊下巴，嚥了嚥口水。任由她去也不是辦法。

「Anda，Muchacha[2]，」他高聲說：「笑一鍋給妳滴老公看好嗎？」

以前夫妻和樂的時候，用他的母語口音怪腔怪調的說話總能逗笑潔梅恩。這次卻完全沒用。這麼裝瘋賣傻讓他覺得很丟臉，而且她的狀況如此糟糕，讓他簡直裝不下去。不過他再次克制住自己，用非常溫柔的語氣說：「聽我說，潔梅恩，我猜妳想待在後面應該是因為想睡一下。如果妳是想坐得直直的，像一位正要去慈善參訪的社長夫人，妳也可以過來坐在妳先生旁邊，跟他做個伴。」

這輕鬆的語氣費了他好大力氣。他向來不太懂得撒謊。一個句子牽引著另一個句子，直到正在進行的謊言說完之前，只能隨波逐流。不知道潔梅恩為什麼會擺出這種態度，只求她還不知道他們真正的目的地就好。他整個人被一股罪惡感淹沒，絕望湧上喉嚨。他只想做一件事：停下車子，將他太太擁入懷中，再感受一下這個他即將不得不放棄的溫熱又柔軟的身體。他振作起來。他沒有自暴自棄的權利。不論要付出何種代價，他都要把潔梅恩送到她父母在格拉斯（Grasse）的家，而且不能讓她對即將發生的事起一絲疑心。

「明天接近中午的時候，妳就會見到妳爸媽了，難道不覺得開心嗎？」

出於本能，他用腳慢慢把煞車踏板踩到底。要把像掛在後方的露營車這麼重的量體完全停下又不製造任何碰撞，可不是件容易的事，因為它會從後方向前推。

「我的潔梅恩，妳來坐我旁邊吧，這樣聊起天來就方便多了，不是嗎？」

這招對於隨從會有用，對這位妻子卻失靈了。她緊閉的雙唇沒有鬆動。他裝作完全沒注意到的樣子，關了點火開關，下車，然後以火槍手的姿勢行禮，試圖再開一次玩笑：「恭請夫人隨小的來……」

潔梅恩一動也不動。他再也無法忽視她的態度。

「親愛的，拜託！我們不是期待這次度假很久了嗎！才昨天的事情而已，我們買下這輛拖車和這輛車的時候，妳看起來那麼高興！妳好幾年沒見到妳父母了。我們千里迢迢來到這裡，妳怎麼一下子變成這樣？告訴我好嗎？」

他登上拖車，在她身旁坐下，執起她的手，潔梅恩卻面不改色地抽回來。

「潔梅恩！妳為什麼生氣？我對妳做了什麼？」

突然，她轉向他，張開了嘴，可是一句話也沒說。她以指甲緊緊掐住彼得羅的手，淚如泉湧。

「說話啊寶貝，怎麼了？」彼得羅不放棄。

她撲向他，痛哭失聲。她的雙唇尋找著他的嘴。他閉上眼睛，試圖躲開這個吻。轉瞬之間，魔法就失效了：「你讓我噁心，」她大喊：「我很確定！」

他用兩隻手掌捧住潔梅恩的臉頰：「妳怎麼能夠、怎麼敢說出這樣的話來呢？我可以為了妳交出一切，妳明明知道。可是妳覺得我噁心，我的愛啊……」

聽了這些話，她慢慢融化，平靜下來，把頭靠在丈夫肩上。他輕輕撫摸她彎曲的頸項，順勢讓自己的手指往下走。但是自從好幾個月前，自從他明白，他就沒辦法了。溫柔的觸碰她、擁抱她，可以。可是……

「彼得羅，」她喃喃地說：「不要讓我痛苦。」

「可是讓妳痛苦的人是妳自己啊，潔梅恩。我沒有說任何話、做任何事會讓妳……」

「那你為什麼不讓我親你？」她拋出這句話，雙眼發亮。

他露出笑容。

「那妳為什麼一早就擺出那張臉？」

他馬上後悔問了這個問題。潔梅恩的雙瞳慢慢黯淡、退縮，唇邊的線條垂下。她的身體開始顫抖。

「潔梅恩！」他喊她。

他用雙臂圈住她，用盡全力抱緊，想讓這顫抖停止。

遠處，從一扇還沒關上的車門後方，這畫面看來就像他想要強吻她。

「走吧！拜託，不要看啦，又不好看！」泰蕾莎拉著佛列德的手說。

「他們真是很搞笑，那些蠢豬，」佛列德咯咯笑著：「女人說不要的時候，就是不要。我就從來沒有硬上妳，對嗎？」

「沒有。走了啦！」

他心不甘情不願地跟在她後面離開，思緒轉到了別的事情上。

「沒什麼好說的，」他自顧自碎念著：「巴西人。」

「你怎麼知道？」她半信半疑：「一張TT的車牌，也很可能是……」

「說到觀察，妳啊，還是重頭來過吧。妳沒注意到擋泥板上那隻小旗子？他們是巴西人。」

他的起床氣還沒消，踩著重重的步伐走開。她跟在後頭，她尊重、也了解他的壞脾氣。不過這個時候，她必須弄清楚男友的意圖是什麼。佛列德眉頭深鎖，一邊等著她一邊不耐地用力揮手，要她加快腳步。她勾住他的手臂。

「佛列德，我們該怎麼做？」

「不，妳沒搞清楚！」他迴避她的問題，怒氣沖沖地說：「妳倒是說說看，這堆外國人，到底來我們這裡胡搞瞎搞什麼？」

「你不要發那麼大的脾氣。」

他聽她的話冷靜下來，轉為酸言酸語。

「妳說得對，發脾氣也改變不了什麼。」

一股渴望溫柔的心情驅使他伸出雙臂將泰蕾莎摟住，輕輕吻上她的脖子。當他這麼做的時候，又變回那個覺得自己太早理解世事的小男孩。泰蕾莎幾乎要把他當成肚子裡懷的那個孩子，翻湧的情緒令自己手腳發軟。

「我只有妳，」他喃喃說道：「只有妳一個，我的泰蕾莎……」

幾乎在同一瞬間，昨夜他試圖逃開的那個念頭突然讓五臟六腑被一種從未經歷過的驚悚所占據。

「一個小孩！」他咆哮著，向天空揮舞著意圖報復的拳頭：「一個小孩！我的老天啊！妳拿一個小孩來是想要我怎麼樣？」

她用鼻子深吸了一口氣，緊緊抓住他的袖子，盯著他的正臉：「那我呢？」她就問了這麼一句。

男孩心虛，勉強在臉上裝出一個笑容，再度將她拉到自己胸前。

「是妳，或我，還不都一樣，妳不懂嗎？我現在就可以告訴妳，老爸會把我轟出家門！」

「不，小佛。」

「什麼？妳不什麼？」

「你很清楚他不會把你轟出家門。是我才進不了你的家門。情況再怎麼糟，你永遠都有個家可以回，有張被子可以蓋……」

佛列德抓住她的肩膀：「啊！因為我會在自己吃飽穿暖的時候，讓我太太和孩子在寒冬冷風中奄奄一息，跟那些灑狗血的爛劇一樣？妳是這樣想我的嗎？」

她伸出一隻顫抖的手摸摸他的頭，她長長的睫毛下垂著一顆晶瑩的淚珠：「沒有，佛列德，只是，有的時候，聽到對方親口說出來會覺得比較好。」

她踮起腳尖親了他一下。然後他們又開始往前走。

「那你要上哪裡找錢呢？」泰蕾莎問。

他握緊拳頭。

「錢！一天到晚錢！銅臭味！只要我有錢，有什麼事情做不成！」

「不要離題了。你手上沒錢，得去找錢才行。」

「我怎麼會有錢？錢都在那裡，妳看啊，在那裡！」

他指著那台在他們後方遠處的露營車。

「給我看好了，積架、價值百萬的拖車，還有他們載出去在後座侵犯的那些女孩，靠著比塞塔（Peseta）[3]的力量……要是我有那麼一點錢，妳曉得我們要做什麼嗎？」

她歎口氣，任由他摟著腰，帶著她走。跟佛列德在一起永遠沒辦法好好把一件事討論完。他的思緒永遠飛在雲端。

「我們要去蔚藍海岸，就我們兩個，我們把劇本搞定，然後回巴黎，拍內景戲。我來告訴妳妳需要什麼，妳啊，需要一個角色……等等，讓我想想……」

「一個母親的角色？」她提出一個想法……

「回去了！」被拉回地面的他如此決定。「跟妳真的沒辦法談正經事。」

他們轉身，在沉默中沿著原路往回走。太陽很暖和，天氣正好。

那外國人百般溫柔體貼對他妻子說話，她也慢慢平靜下來：「……而且，我們結婚的時候，妳還記得嗎？我不是向妳承諾有一天我會帶妳回法國嗎？妳是不是後悔跟著妳丈夫到那麼遠的地方去？現在，妳看、那一天到來了。我們在妳的國家了。再不久，妳就要見到妳父母了。那邊所有人都在等著妳。所有人都要為妳慶祝。就像慶祝聖經裡回家的浪子一樣，好不好？」

聽完他一長串話，她彷彿快要睡著。他讓她躺平在後座，用手撫過她臉龐，轉過身去，不想讓她看到他哭泣。

「彼得羅，」她叫喚他。

他擦了擦眼淚，這才轉過身來：「怎麼了，親愛的？」

「我好像把皮包跟行李一起放在拖車上了。你能幫我拿來嗎？」

她微微一笑。彼得羅凝視著她，心想：她真是可愛。

「馬上來。」

他一躍跳上那個帶輪子的家。潔梅恩的行李的確在那裡，可是到處都找不到她的皮包。他向擋風玻璃走去，打算敲一敲，吸引太太的注意，打手勢問她把皮包放在哪裡。他感到口乾舌燥。從他所在的位置往下看，正好能看到潔梅恩悄悄從一個角落把她藏起的皮包拿了出來。她打開皮包，從裡頭取出一把迷你左輪手槍，開始檢查彈匣。

他的額頭上冒出一顆顆汗珠。她會不會已經注意到有人在看她？她關上皮包，轉過身子。透過玻璃，彼得羅成功對她露出笑容。潔梅恩把皮包舉起來給他看，用唇語說：不好意思……他比了一個手勢表示不要緊，並向她舉起一瓶水。潔梅恩用肢體動作表示同意。

他轉身癱倒在小臥鋪上，雙手捂住臉龐。怎麼辦？怎麼辦？這是第一百次他這麼問自己了。

聽到妻子的腳步聲，他直起頭來。他坐起身來，裝作忙東忙西的樣子。

「你在做什麼，彼得羅？」

「天氣太好了，親愛的，我在想我們可以把桌子和柳條椅搬出去外面，一邊喝點開胃酒，一邊享受藍天白雲……」

佛列德對著自顧自走得慢吞吞的泰蕾莎破口大罵。

「照妳這速度，我們永遠走不到啦！早就跟妳說開車就好。但妳不要，我們夫人想要步行！夫人怕……」

「怕」這個字總是讓他忍不住做個鬼臉，而他一直無法改掉這個毛病。他嗓子有點啞了：「待會妳先進去。不管他們認不認得妳，都沒有差。可是我，妳知道的……所以，妳要打點好，讓門口淨空，然後給我打個暗號。跟他們說餐點在房間裡用。」

譯註1——Transit Temporaire 的簡稱，法國的一種特殊牌照。當非法國本土居民在法國境內有用車需求時，可在一種特殊的關稅及課稅條件下購買新車，並在一定期間內以所有人的身分使用這輛車，之後服務商再將這輛車買回。

譯註2——西班牙文，意指「別這樣嘛，小妞」。

譯註3——西班牙在引入歐元之前使用的貨幣。

第十章 10

他看起來疲倦又淒慘，一臉厭世，單刀直入地出示一張證件代替自我介紹。

「我是紀福赫（Givral）探長。我是為你們通報的失蹤案來的。」

女僕驚慌失措，衝進客廳。

「老爺！警察來了，老爺！」

喬治向嘉娜和珍妮薇芙鄭重表示：「啊，總算！法國還是有司法的。」

珍妮薇芙還是一副失魂落魄的模樣。嘉娜毫不客氣的斥責她：「別擺出那張臉。這件事很不好受，我明白，但妳的確想要離婚，不是嗎？妳說啊！」

珍妮薇芙輕輕發抖：「警察……好丟臉……」

「忍一下就過去了，」喬治為她打氣：「好了，我的珍珍，走吧……」

他輕輕將她往門口的方向推。她哀求道：「你也一起來吧，喬治……」

「馬上就過去，沒什麼好怕的。」

玄關處，探長坐在椅子上，輕輕晃著腳板，臉上露出淒慘的苦笑。見珍妮薇芙出現，他便裝作要起身作揖的樣子，旋即坐了回去。

「夫人，抱歉週日還來府上打擾。您就是珍妮薇芙．儒利爾（Geneviève Courtoi），庫爾托瓦的太太對嗎？」

她默默點頭，心臟不安的狂跳：但願他不要發生什麼事才好……對方繼續以單調的聲音說道：「您來通報您的丈夫失蹤了……」他查看著一本髒兮兮的小簿子：「時間是昨天，週六晚上二十二時四十分？」

聽到這裡，她害怕得小聲叫了出來：「你們找到他了？」她絞著雙手：「他死了，是不是？」

紀福赫抬起死氣沉沉的眼睛望著她，眼神中透出些許訝異：「不是的，夫人。只是需要補問一些資訊。」

珍妮薇芙跌坐在一張椅子上。「真奇怪，」這探長心想：「聽到他沒死，她的表情看起來似乎很失望。」他繼續高聲說：「您最後一次見到他，是同一天傍晚，週六的十八時三十分，對嗎？」

「不完全是，」喬治的聲音突然出現，他走過來，髮絡凌亂。

「沒錯啊！」珍妮薇芙抗議：「我跟他約……」

「讓我來說，」喬治硬生生打斷她，轉向紀福赫：「她沒有『看到』他，她是跟他通電話。兩者是不同的！」

探長舔舔鉛筆芯，一邊表示贊同。

「好，」他一邊把喬治修正的話記下來：「那麼他當時人在哪裡呢？」

「在他位於奧斯曼大道的辦公室，優馬—標準大樓……轉過去就是……」

對方用手比了一下表示「他知道」，她便閉嘴，看著他記錄下她的陳述。

「您確定他沒給您打過其他電話？」

「是我打給他的。」

紀福赫做出聽懂了的表情，隨即換了臉色，揉起腳踝，一邊向他們道歉：

「我從週六中午就沒坐下來過，所以免不了……」

「您週日還得工作，我懂，」喬治說，帶著恰到好處的禮貌，表示他是個有民主精神的人。

「我輪班。最好要有……大家是怎麼說的……有管區的在。其他人週日不休息的。」

他重新舔舔他的鉛筆。珍妮薇芙發覺他的牙齒白得不可思議。

「好了，」他再度開口：「那之後您沒有再見到他？」

珍妮薇芙搖搖頭，極力壓抑的嗚咽聲還是從喉頭迸出。

「都沒聽到關於他的消息？」紀福赫繼續追問。

「無消無息，」喬治回答。

探長闔上他的小簿子，喬治向前踏了一步。

「我想請問……警方那邊有沒有什麼發現？」

「沒有。先生，我們正要開始！」紀福赫舉起手上的小簿子，將它收進口袋裡。

喬治大發雷霆：「換句話說，花了二十四個小時，你們什麼也沒做、沒計劃？棒極了！啊！警察，法國的警察真是太偉大了！」

紀福赫聳起肩膀，重重垂下：「各家醫院、各警局都發通報了……還能做什麼呢？這種『失蹤人口』，週六晚上多到不行……很難處理。一般來說，過了午夜就沒事了。」

珍妮薇芙一隻手捂在嘴上，不讓自己叫出聲來。

「我說這些不是想得罪您，夫人，」探長替自己辯解：「可是男人嘛，對吧？您也知道怎麼回事……」

她再也承受不住，把臉埋進雙掌中，任淚水傾瀉而出。喬治的臉色很難看。紀福赫咬住嘴唇，試圖收拾他闖下的禍：「您聽我說，也有人直到週一早上才回歸家庭的……您別擔心。夫人為什麼傷心成這樣呢？看來您知道他人在哪裡了？」

她立刻抬起頭，臉上表情像一隻掉進陷阱裡的動物。喬治立刻介入：「說到這個，探長，我想向您報個案……我打算明天早上檢察署一開門，就去提告詐欺，告我的妹婿。」

「啊哈……提告詐欺……不過那不歸我管……」

他依然坐在那裡，嘴巴微開，只是看著喬治，趁機再坐得舒服點，伸展一下他的腿。

「歸您管的……有間接關連，因為牽扯到我妹婿。他偷了我的錢……」

「喬治！求求你，這和警察先生無關。」

「正好相反，夫人。有三種人您得把事情全部、一定要全部告訴他：醫生、聽您告解的神父，還有管區的……所以，庫爾托瓦先生偷了您的錢……那麼您認為他是為了這件事逃跑的囉？」

「不……他並不曉得我知情。」

「啊哈……那麼接下來您打算去提告？……」

「對，向共和國檢察官提告。明天一早就辦。我週六深夜發現這件事的。」

「我懂了、我懂了……」他長長吐了一口氣：「照這樣看來，先生，您很清楚我們警方先前不可能掌握到這個消息……當然啦，您特別把這件事告訴我……」

他臉上似乎有了點生氣：「可見在您看來，他的消失和詐欺之間存在某種關連性……」

珍妮薇芙激動地阻止他：「絕不可能是這樣的，警察先生！因為在電話上他跟我說得很清楚。」

「抱歉、抱歉……請您好好想想，夫人。從法律的角度來看……假如他跟個女的跑了，總比捲款潛逃來得好吧……」

「珍妮薇芙！」喬治插手了：「妳怎麼可以那樣想？」

紀福赫默默往後退，同時仔細聆聽他們的對話。

「你什麼都不懂，」珍妮薇芙說。

「現在是妳硬要堅持己見……」

珍妮薇芙氣急攻心，一時詞窮。探長認為這對兄妹彼此站上了對立面。他抽出記事簿。珍妮薇芙正在氣頭上，話都說不清：「他又不知道我有把他的帳簿拿給你看！」

「但是他應該知道自己已經窮途末路了。」

「完全不是！你記得嗎？他很肯定的說事情已經處理妥當了，以後只會越來越好。」

「那當然。他是暗指他逃亡的事。」

「如果是那樣他會告訴我的，」她大叫：「他明明對我說我們以後會幸福快樂的在一起！我跟他！」

「那是為了催眠妳！他已經跟那小母雞約好見面了！」

珍妮薇芙整個人彷彿縮成一小團。一陣靜默，直到紀福赫以極輕柔的聲音打破：「所以在您看來，所謂的失蹤應該是逃跑。」

喬治餘怒未消，轉過頭來面對著他：「事實不是明擺在眼前嗎？我妹婿騙了我的錢。我有證據，就握在我手裡。與此同時，這位俊俏的仁兄跟一個女人相約，然後一溜煙……」

「帶著他的小母雞逃之夭夭……」紀福赫接著把話說完。

「所以您知道！」珍妮薇芙叫道。

「不，夫人，這是您的哥哥剛才說的。為什麼您昨天報案時，沒說明這一點呢？」

喬治出來打圓場：「探長，請聽我說一下，您就會明白了。她懷疑他跟某個女人在一起，這是實話。是這樣，我們原本是希望警察能趁他不注意，把他逮個正著，並且拿到那女人的名字。您看出來了吧？我妹妹想要離婚。明天我們就會去見律師。」

「夫人，就是因為這樣，您才會跑來找您哥哥……保護您。」

「這倒不是重點，」喬治說。

「我了解。只是，如果夫人後來都沒有回到你們夫妻的家，您又怎麼知道庫爾托瓦先生沒回那兒去呢？」

「他有回去也好，沒回去也罷，」喬治大吼大叫：「我妹妹都不想再跟那個混蛋有半點瓜葛！」

珍妮薇芙雙眼閃閃發光：「探長先生，您一定知道些什麼。他回家了，對不對？」

不理性的期盼占據她全部心緒：她隨時可以原諒他。在紀福赫還來不及回答前，情緒正激昂的她便轉向她哥哥：「他回來了，你看！你不用告他了。我會賣掉我的珠寶、皮草、公寓，我們倆會去住郊區，但你會拿回你的錢的，我向你發誓。」

喬治已經筋疲力竭，不知道該怎麼做才對。

「妳到底在說什麼，珍妮薇芙？探長根本沒有說任何話可以讓妳認定……」

她丟下喬治，一把扯住紀福赫那件老舊斗篷的翻領，左搖右晃。他沒有阻止她，同時回答那個間接的質問：「夫人，我剛才去過莫禮托路……他不在那裡。不過他或許回去過，又走了，等那個……」

「女僕！」這不幸的女人悲戚地說。

「這樣您就明白了！」

再一次失落，再一次遭受打擊，她感到全身虛弱無力，幾近虛脫，因為她不斷從一個極端盪到另一個極端：從無限包容到渴望復仇。

「您要相信我，」探長一邊站起身來，一邊繼續說：「現在您府上一個人也沒有。我按了好久的電鈴。」

「今天是女傭放假的日子，」珍妮薇芙的語氣彷彿宣布開戰。

「最後一件事。您有您先生的相片嗎，夫人？這樣我們找人比較方便，對吧？」

「我家裡應該有……」

「我會幫您找一張的，」喬治趕緊說。

他踏著堅定的步伐走出去。珍妮薇芙試圖閃躲紀福赫落在她身上、令她感到沉重的目光。他問道：「關於庫爾托瓦先生……您的哥哥不大喜歡他，對吧？」

緩緩的，珍妮薇芙把她的頭從右邊轉到了左邊。

「喔，那或許是我的錯！」她承認。

「那您呢，夫人？」

有些迷惘，她抬起眼睛：「我？」

「是的，您。您愛他嗎？」

這個小個子男人突然間彷彿充滿人情味。她差點撲上去摟住他的脖子，因為終於有一個理解的肩膀能讓她好好哭泣。但是喬治回來了，伸手遞給探長一張快照。經過她眼前時，她認出了那張照片。

「啊，這張不行！」她抗議：「那天他沒刮鬍子。他這張看起來像流氓啊！」

「他就是個流氓！」喬治堅定地說。

紀福赫把那張照片收進口袋，鞠躬道別：「先生、夫人。」

他試著對上珍妮薇芙的眼睛，想表達他的同情。老是對不上，他感到有些尷尬，不由自主做了一些多餘的解釋：「好啦！一天又到頭啦！我可以回家去啦！」

突然冒出的點子讓喬治的臉亮了起來，他伸出手臂：「請等一下。您的勤務既然已經結束，現在您就是個普通市民了，對嗎？呃，您姓……」

「紀福赫。」

「紀福赫先生。您應該可以跟任何市民一樣宣誓作證？」

「作證？」珍妮薇芙充滿疑惑。

「對。我非常希望能確認妳的其中一項假設。」

探長眼中掠過一道一閃而逝的光芒：「簡單來說，您希望我以私人身分來作證？」

「正是如此。您可以嗎？」

「天啊，可以是可以……但可別出什麼岔子！」

「我向您保證不會。」

「喬治！你又想做什麼了？」

「妳別管！等我兩秒鐘。」

他又旋風也似地衝出去。探長將一隻手按在珍妮薇芙的前臂上說：「您千萬別擔心，夫人，船到橋頭自然直。」

第十一章 11

倒在大廳的扶手椅上，兩位旅店主人正啜飲著小杯的蘋果白蘭地，那是他們週日午餐後給自己的犒賞。

「我沒有信心，」瑪蒂德突然吐露心聲。

夏勒抬起一邊眉毛，代表無聲的提問。她用下巴指指天花板。

「我們那對愛情鳥。我不喜歡他們的作風。」

「什麼作風？」

「很難解釋。都看不到他們人影。我問你，如果在街上遇到，你能認出他們嗎？」

「在街上嘛，我是不知道。但如果他們再回來住，那可以。」

「總之夏勒，在你看來，這種讓人永遠都看不到他們的小技倆，這正常嗎？

他們咻的溜進房裡，待在暗處。你端午餐上去的時候，他們就像碰巧在欣賞窗外的景色一樣，轉過去背對你耶！」

「妳自己說她是逃家少女的。如果他誘拐了那個小女孩，那他不想以後被人認出來也是可以理解啊！」

她搖搖頭，不太相信的樣子，一口喝乾她那杯酒。

「關在房裡，他們能搞什麼鬼？」

男人抖動著肩膀，暗笑起來。她氣沖沖跺著地板：「去看看啦！」

「我求之不得……」

他吃力地站起身來，靜悄悄爬上樓。從鑰匙孔裡，隱約看見兩個人躺在床上的身影。

「可憐的孩子們！」夏勒心腸軟下來，想著：「他們在睡覺。」

小佛沒有睡著。透過微微睜開的眼簾，他凝視著自己的女伴。午後的寧靜中，他試著衡量這意料之外的事件會產生何種影響：他們要有孩子了！有個孩子，那是什麼意思？

一陣熱風闖進房裡，泰蕾莎推開了被單。她小小的胸部露了出來。佛列德俯身向她靠過去，陷入遐想。有視線落在身上的感覺使年輕女孩甦醒了。她微笑，露出她平坦的腹部：「你是不是在想我幾個月後會變成什麼樣？」

「對，」他被問得措手不及：「這件事非同小可……顯然妳沒搞清楚。可是對我，這是……怎麼說……這是……」

「你的責任？」

他討厭她這麼說。可是泰蕾莎纖弱的手臂繞著他的脖子，他便將她摟近自己。

「我就靠你了，小佛……我只有你能依靠了……如果沒有你，我實在不知道要往哪裡去……」

不知道自己也有狡詐的一面，此時她試圖使出渾身解數，想逼他做出正式承諾，就算此刻她的身體還能令愛人痴狂。佛列德發出低沉的吼聲，將他的頭深深埋進她的鎖骨……

旅店主人感到很不好意思，一邊吞下口水一邊往後退……

回到樓下，他的妻子拋出那個可想而知的問題：「怎麼樣，看到了嗎？」

他發出古怪的笑聲。

「我根本沒辦法離開那鑰匙孔耶……精力充沛啊，他們那個年紀！」

「你沒露餡吧？」

「怎麼可能！」

「好了，你快說啊！他們到底在幹嘛？」

夏勒咯咯笑：「妳說呢？」他戲劇性地歎了一口氣：「啊！當然啦，跟我們還是不能比……」

他們四目相交，眼中隱約有笑意。她站起身來，顴骨上方兩朵紅暈。她喝了酒之後總是如此。他仰頭望著她，久久不移。她突然發現他痴痴的眼神，噗哧一聲笑出來。

「老色鬼！還不快來幫我洗盤子，快去，還在那邊做你的大夢！」

「什麼大夢？」他佯裝天真地問。

他摟住她的腰，兩人笑得樂不可支，一路走進廚房裡。

泰蕾莎靜靜躺在佛列德的臂彎裡。她強迫自己別動，但是內心的焦急使她的身體彷彿有電流竄過。她一直不知道對這類事情來說，合適的時機是什麼時候。最後，她終於忍不住：「你沒有回答我的問題，小佛。」

問題，他打骨子裡就對這玩意沒好感。他立刻緊張起來，向後抽身，把頭靠在床頭板上：「什麼問題？」

「我能依靠你嗎？」

「什麼事情？」

「孩子的事情，」她不慌不忙地說出重點。

「啊！又來了。」

口齒不太流利的泰蕾莎開始為自己辯解起來：「小佛！這個孩子，我一個人，你要我怎麼辦？我絕對做不來的！」

「可以了。我知道妳意思，」他打發她，雙手扣在脖子後方：「我只是不懂妳怎麼敢懷疑我……」

他避免直接回答，以不存在的怒氣掩飾自己的不確定，因為他不想落入陷阱。

「我沒有懷疑，佛列德。其實我很確定你一定會負起你該負的責任。」

「喔！拜託！妳就一定要這樣講話。我的責任？那又是什麼？」

她坐起來，挺直身體，將她沉靜的目光射入男孩的雙眼，而他旋即轉開了頭。

「泰蕾莎，妳真的有夠笨！我要說的不是我會履行妳所謂的我的責任。而是妳不該用那種方式說話。這是技巧問題……」

「技巧，就是現在拋棄我嗎？」她冷冷地問。

他差點大發雷霆，又不敢立刻發作。時機一過，就太遲了。於是他像那些已經把同一件事解釋過一百遍的大人物一樣歎了一口氣。在內心深處，他並不想把事情鬧大，他把她拉近自己，一邊開玩笑：「對妳的事，有時候我會產生一些幻想。我覺得我在智識上已經將妳提升到和我一樣高的境界了。然後突然之間，妳就對我吐出這種過時陳腐的字眼，然後劈里啪啦！我發覺妳還是那個廉價小說裡來到大城市的鄉下姑娘，跟六個月前我剛認識妳的時候一樣。」

「但你還是一樣愛我？」

「傻瓜！妳不會誇張到以為我不愛妳吧？」

他深深地、真心地覺得感動，因為感覺懷中的她又將身體貼得更緊了一些。

「我怕，小佛……」

「怕什麼？」

「怕這件事只靠愛情解決不了。這孩子要出生了，他需要一個父親……」

「每個人都有父親，這是一定的，」他在她耳邊輕聲細語，溫柔咬著她耳朵的邊緣，希望她能就此閉嘴：「當然了，妳可以依靠我的……雖然沒有必要這樣強調……可是妳想要我怎麼做呢，嗯？那是什麼意思，依靠我？要依靠就依靠老爸才對！」

「你爸爸跟這件事完全無關，」她態度頑強地回答。

「可是妳沒搞清楚狀況！再怎麼說，錢在他手上！而且現在看來，他是反對我們結婚的。」

「等到他恢復理性……」

「美好的理性：妳從來不讀書，我敢說一定是這樣。這種時候才是中產階級最瘋狂的時候。他們不會被禮教勒住脖子的，這些人！」

泰蕾莎兩手捂住臉，發出一聲哀鳴，震動了她全身：「他到底有什麼可以指責我的？他根本就還不認識我！」

佛列德覺得自己有些可恥，他靠過來，重新把她擁入懷中：「聽著，他對妳沒有任何意見，不是那樣的……他希望我先做出一番成就。」

「我也是，我也希望你是個男人，希望你能有工作，能自己搞定一切，不需要一直向別人求助，不會犯下……犯下……」

看到包裹在偽裝的自尊之下，他受傷的表情，她不敢再說下去。

「妳不用不好意思啊！繼續說。不會犯下什麼？」

「喔！小佛！」

她敗下陣來，把自己縮成一團，一臉傷心。他越不曉得如何面對他所造成的傷痛，越想躲進不坦誠的面具背後。他拍拍自己的胸脯說：「對啦！我就是那個肥皂劇裡的大混蛋！我教過妳的東西全都白費了。妳還在用一個迂腐的、破敗的社會的規則在做判斷……妳把我歸類成羊群裡的一隻，跟隨便一個路人一樣，只因為我的物質條件追不上我思想的高度！孤獨！我真孤獨！」

他開始在房間裡大步走來走去，顯然是想躲進自己的殼裡，失望的表情清晰刻畫在他臉上，如同暴風雨來襲前轟隆隆的雷聲。但這一次泰蕾莎沒有停下來。當他經過床前的時候，她一把抓住他的手腕。

「佛列德。『我們』要有孩子了！」

這個複數詞彙代表他是這場冒險中的一分子，一瞬間扯下他那張故作成熟的面具，讓佛列德的五官赤裸裸地暴露出來：那是一個徬徨的孩子，預見一個太過沉重的擔子即將落在身上。

這表情只維持了半秒鐘，但泰蕾莎看到了，她放開他的手：「佛列德，像個男人吧……」

彷彿狠狠吃了一鞭，他只能勉強做出反應，設法搞笑，指著泰蕾莎的裸體說道：「不過十五分鐘前，妳還覺得很……」

「不，你說的我知道，但光會做愛不代表就是男人。」

「太荒唐了……那孩子呢？這孩子不是我的嗎？」

「他是。但光會讓一個女人懷上孩子同樣不夠。誰都做得到……」

他沒有勇氣面對自己現在的模樣。唯一出路就是控訴。他立刻卯起來這麼做。

「這種事偏偏就發生在我身上！」他雙手舉向天花板，咆哮著：「該死的！全世界都在做愛！全世界！喂，妳也看到了，今天早上我們經過那條路的時候，那兩個外國人……妳想他們在那輛三百萬的積架裡會做什麼？別開玩笑了！飛來橫禍，就只會掉在我這種倒楣鬼頭上，不會掉在他們頭上。」

「你怎麼知道，」她反駁：「他們也有他們的煩惱啊！」

她說話的語氣堅定，雙膝跪在床上，第一次展露逼人的氣勢，憤怒的她看來別有魅力，纖細的身軀微微發抖，因為她要捍衛自己的血脈，要讓她所愛的那個人重新站回雕像基座之上，雖然他一心想要走下來。他發覺她成了他的敵人，感到面子有點掛不住：「當然，他們也會有煩心事，」他承認，聲音聽來不太有信心：「差別只在於那個人，他能夠面對，妳要了解的是這一點。他有錢，跟我不一樣！」

他想抱住她。她卻掙脫開來，怒氣沖沖地問：「誰告訴你他有錢的？嗯？」

「就是要像妳這種沒人生經驗的小妹妹，才會相信一個外國人會載著紅豆來法國度假。我可以講得更清楚，他的錢就在他身上啦，那個大肥豬！」

技術領域成了他理想的下台階。他急忙跳進去，一邊發表見解一邊用手背打著手心來增加說話分量：「妳什麼都不懂，什麼都要參一腳！外國人不能帶著他們所有的錢踏出國門的，按規定是這樣。所以就要靠黑市。不管是我們這裡還是那裡，都有一些不大正經的商人：其他外國人。這些人會依照他們手上外幣的價值，將法郎換給他們。只是呢，對不對……他們沒有權利在我們國內開戶，反正無計可施，他們只能把那些財產抱著走。妳要是看那老傢伙的錢包，一定是塞得鼓鼓的，我賭有……兩百……誰知道？三百張大鈔吧。妳現在懂了吧？傻葫蘆。」

在他的盤算裡，這一番論證應該能讓她永遠閉上嘴巴。但是泰蕾莎爬起來，站到他面前，全身裸裎，情緒激昂地說：「就算他的口袋裡有一百萬元，又有什麼差別，你能告訴我嗎？」

佛列德瞇起眼睛：「什麼意思？」

「意思是，從昨天晚上到現在，你一直在逃避我的問題⋯⋯」她深吸一口氣：「佛列德，你是個懦夫！」

一個巴掌飛了過去。他們愣在原地，兩個都是。他，望著自己如此輕易就揮出去的手，她，則在那一瞬間證實了心中的懷疑。

「乾脆打那裡好了！」她指指自己的腹部，壓低了聲音說：「至少你有機會讓那小子消失！你什麼不會，這個最會。」

同一隻手又朝前方揮過去。泰蕾莎被打得踉蹌了兩步。他想接住她，但事與願違，拳頭就這樣打在失去平衡的少女柔弱的肩膀上。她沒有哭也沒有叫，但他無法承受那突然間澄澈無比、穿透他身體的目光。用暴力取得主控權的感覺使他體內升起一種陌生的快感。他踹了一腳。泰蕾莎發出一聲哀嚎，翻倒在地，再次露出她的腹部。他失去理智，使出全力揍了下去。

直到氣力用盡，他才停下，突然一陣羞恥襲來，他舉起一隻手擋在眼前，不讓自己看見那嬌小、赤裸、蜷縮的身體；那張被揍得一塊青一塊腫的臉上，一雙眼睛仍睜得大大的，試圖理解剛剛發生的事。他轉過身去，咬牙切齒地說：「希望這樣妳能學乖……」

她一句話也沒回應。這男孩心地並不壞。一股柔情漲滿他的胸膛。一語不發，他將泰蕾莎抱上床。她躺在那兒動也不動，眼睛始終定定的看著他。

「這一切，」他喃喃的說：「都是那些混蛋的錯……他們不該在那裡，開著他們的積架。」

他轉向他認為那些外國人所在的方位，大聲咆哮：「人渣！垃圾！」他掄起拳頭。

這無用的發洩、不痛不癢的憎恨紓解了他的所有怨恨。他的自尊心幾乎已經恢復，他明確地說：「我知道我該做什麼。妳會有錢的，別哭。」

他背對泰蕾莎，忿忿不平走到窗邊：「去你的髒錢！」他高聲喊道，聲音堅決有力。

12 第十二章

越過攤開在面前，他假裝在看的日報上方，彼得羅觀察著他的妻子。從剛剛開始，她一直處於癱瘓狀態，動也不動、一聲不吭。然而，只要他一回頭讀報紙，就感覺到潔梅恩的目光落在他身上的重量。

該如何奪走她的武器，又不至於造成她再次發作呢？他太愛她了，無法正面攻擊。況且她的反應實在太難以捉摸！

「妳想讀讀新聞嗎？」他擺出邀請的姿態問她，希望能引導她說說話：「不用？」

他放下報紙，執起桌上的塑膠咖啡壺：「再來點咖啡？」

以笑容掩飾他的不安，他能做的只有為自己倒上滿滿一杯，再次開口：「真好玩，我們越來越像洋基佬了。聽說我們那邊有些人想要在家裡裝電話，跟北方人一樣。那是因為，妳知道的，在那邊啊，妓女都是沿著電話線站壁的。」

他假笑了幾聲，卻沒喚起任何共鳴。潔梅恩忽然抬起頭，自己也大笑起來。停不下來的笑聲聽得他毛骨悚然，手裡的咖啡壺遲遲沒放下來。她還是笑個不停。彼得羅收緊下巴。他得做些什麼才行。他放下手裡還拿著的東西，繞過桌子，搧了潔梅恩一巴掌。笑聲停止，肩膀拱起，她長歎一口氣，跌回她的癱瘓狀態裡。他撲通一聲跪在她身邊，把臉埋在她的裙子裡，哭得像個小孩。她輕撫著他的後頸，眼神空洞。

「我要出去轉一圈，」佛列德說：「來嗎？」

泰蕾莎搖搖頭，雙眼依舊盯著他。他聳聳肩。

「好啊，那，妳去看看通道上是不是沒人。試著幫我一點忙，別整天待在那裡啥也不幹。妳很清楚我不能在那些人面前露臉……」

一句話也沒說，她起身套上雨衣。走廊上一個人也沒有。她下到樓梯中間，聆聽著。夏勒和瑪蒂德的聲音從廚房裡傳出來，像包了一層布。她用手揮了一下，告訴佛列德可以下來了。他二話不說立刻行動。

天色暗下來了。在他後頸上撫摸的手停了下來，彼得羅抬起頭來。潔梅恩似乎睡著了。輕輕的，他吻了一下那隻手，然後以兩手將她抱起。她由著他這麼做，只是緊緊抓住皮包。他朝著拖車走去時，她喃喃說道：「那時候，你總是這樣抱著我的，彼得羅……」

她往下滑了一些，更貼近丈夫的胸膛。

「我沒事……」

他看似輕而易舉地將她抱進拖車裡，腳往後一勾把門帶上，然後將他的重擔放置在臥鋪上，在旁邊坐下。

「親愛的，這樣有感覺好一點嗎？」

他俏皮地眨了一下眼。這舉動讓他自己覺得有些丟臉。一道昏暗的光線斜斜穿過窗戶，將一顆晶瑩的淚珠掛在潔梅恩的眼眶。他俯身向下，溫柔的吻去那顆淚。她將他摟住。他輕輕在她身邊躺下，從頭到尾沒有放開她。他們就這樣待在那張既窄又小的床上，一動也不動。彼得羅試著想像好久以前他們緊緊相擁的情況有多麼不同……不，其實也沒有多久以前。六、七個月吧？在他們的孩子過世以前。在潔梅恩發生那次「意外」以前……然後他驅走這些念頭，讓自己重新沉浸在這純潔的擁抱所帶來的表面的寧靜之中。

突然四周大放光明，把他們從這昏昏沉沉的狀態中驚醒。光線彷彿要將拖車薄薄的壁板炸裂，伴隨著轟隆隆的引擎聲。那噪音急速擴大；一陣風掃過，拖車微微晃動了幾下，然後那輛車駛過，將這輛旅行拖車留在昏暗中。彼得羅從臥鋪上坐起身來。

「你愛上另一個女人了，對不對？」潔梅恩用沙啞的聲音問道。

「嗄？」

彼得羅不相信他的耳朵。他想也沒想便按下電源開關，把燈點亮。潔梅恩用一隻手遮住感到不適的雙眼，以免光線刺激。但她還是試著從手掌下方看他。

「你忘了你當時是怎麼跟我說的嗎？你說貞潔的女人就像從不生火的壁爐。」

這巴西男人明白她的意思，但他答不出一個字來。對他來說，潔梅恩已經不再是個女人了。他愛她，但事情已經有所改變。要像對一個正常的伴侶一樣向她表達愛意，顯然已經超出他能力所及。他轉過身，好讓她無法讀出自己眼中的想法。

「欸，你什麼話都不說嗎？」她再次開口，聲音依然沙啞。

他靠近她，握住她的兩隻手：「潔梅恩，除了妳，我從沒有愛過別人……我向妳發誓。」

她抽回她的手，臉色鐵青，想說些什麼尖刻的話。搜索枯腸遍尋不著的她一把抓起滑落地面的皮包，用顫抖的手打開它。彼得羅面白如紙。他忘了皮包的事！為了思考如何讓她冷靜下來，他錯過了奪下皮包的最佳時機。現在一切都完了，他想，她會將左輪手槍拿出來然後扣下扳機……

「潔梅恩，」他結結巴巴地說：「妳是相信我的，對吧？」他摒住呼吸：她正焦躁的在皮包裡東翻西找。但拿出來的只是一條用來擦乾眼淚的手帕。

過於激動的情緒讓他不得不坐下來。

「彼得羅，我相信你。」

這一百八十度的大轉變讓他又站了起來。他已經搞不懂了。此刻的她掛著笑容，一邊拿著粉撲仔細補妝。

「以前的事，我相信你……」她補上一句，拿出口紅。

她將口紅沿著嘴唇的輪廓畫了一圈，將上下唇合起來抿一抿，一邊往她的小鏡子裡看，然後毫無徵兆地狂怒起來，把粉撲和唇膏往袋子裡一扔，大叫道：「但是，說到現在和以後，你都是個大騙子！我一清二楚！」

她再度在皮包裡翻找。這一次彼得羅不再猶豫。他撲了上去。她奮力反擊。

「放開我！我不要再看見你了！我不准你……」

她用盡全力抵抗。恐懼萬分的他試圖讓她的手臂無法動彈，因為他突然害怕她會死。對抗過程中，他的手肘撞到開關。再度跌入一片漆黑之中，他們繼續著這場戰鬥，只是已經不知為何而戰。在某一瞬間，他感覺自己的手指摸到皮包表面的皮革，於是恢復了記憶。但此時潔梅恩已經掙脫開來，把燈打開並向後退，她頭髮亂了、氣喘吁吁、表情緊繃，一隻手已伸進皮包裡。

「你不會那麼容易得手的！」她啐了一口：「我知道為什麼我們要來法國。我再清楚不過了。你想要甩開我，好飛向你的新戀情。但我不會任你擺布的，你懂嗎？我寧願……」

彼得羅仍然站在原地不動。他以一種彈盡援絕放棄掙扎的表情望著她。

「妳要做什麼就做吧！」他極度疲憊地說。

他現在只求一死。說到底，如果內心最珍貴的事物都已經失去，拚命活下去究竟有什麼意義？

她緩緩將手從皮包裡抽出。她的臉上閃耀著狂野的喜悅。他閉上眼睛，無力再戰。「拜託她開槍，讓我們結束這一切。」

「那這個呢？」潔梅恩大叫：「你要否認這個嗎？」

睜開眼睛，他立刻認出她手上揮舞的信。是他岳父岳母的回信！她一定是昨天從他口袋裡拿走的。

她將信紙展開，高聲朗讀：「……『可憐的彼得羅，您一定吃了很多苦……』你的信上到底說了什麼？連他們都被你耍得團團轉，被你說到覺得你受的苦才算數，而我承受得住多少就不算……來，你聽好了……『是，您說得有道理，她在這裡、在我們身邊、在她成長的南方、在她的父母身邊，比較不會那麼難過……我們會把她關進傅拉澤雷（Frazelles）醫師的療養院，在卡內（Canet）那邊……』」

她用手指把信紙揉成一團，扔到他臉上。

「『我們會把她關進去』……所以你想把我關起來，好讓你去跟你愛的那個女人相聚。不管用什麼方法，只要可以擺脫我就好，因為我妨礙了你。甚至不惜把我說成瘋子！」

彼得羅以雙手掩面。他已經黔驢技窮了，再也沒辦法預測她會做什麼或說什麼，也想不出有什麼方法能讓狀況好轉。潔梅恩撲進他懷裡，突然哭了起來：「這不是真的，彼得羅，我真的沒有瘋。告訴我啊。在這個世界上我只有你啊，彼得羅！」

「當然不是，親愛的，妳沒有瘋，我也沒有愛上別人。」

「那就不要送我到南方去，求求你。」

「那今天晚上我們就待在這裡好嗎？我們睡在旅行拖車裡，像一對情人，因為我們就是一對情人，明天再想想該怎麼做……」

「好……好……那說定了喔？」

「我發誓……」

她跌坐在地板上，上半身靠在丈夫的腿上。懷抱著希望，彼得羅的保護本能重新燃起。他望著妻子身邊的皮包。他沒有改變姿勢，將皮包拾起，塞到自己背後。

「如果你認為我瘋了，」她再度開口：「為什麼……」

他打斷她的話：「我沒有認為妳瘋了，潔梅恩。妳遭遇嚴重的驚嚇，妳必須好好休息，過規律的生活，再好起來，這樣我們才可以重新找回一度消失的幸福。」

「那為什麼他們要說『關』？」

「親愛的，那只是用詞不當。」

她沉默了一會兒，又開始提問：「可是為什麼你不把我『關』在巴西，關在你身邊？為什麼要搞出這輛拖車？搞這齣度假的鬧劇？」

「因為我希望妳能再見到妳深愛的父母，希望妳可以回到童年時代的生活環境。承認吧，妳從來就不太喜歡巴西。妳想念法國。再說，我們已經說了好多次度假的時候要來這裡露營，而且……」

他似乎看到有一張臉貼在玻璃窗上，跳起來將門打開。在夜色中，他聽到一串急促的腳步聲，踩在馬路上。一個黑影消失在樹林裡。

「你們不覺得可恥嗎？」彼得羅大喊：「流氓！」

佛列德滿臉通紅，啐了一口唾沫：「你才流氓，骯髒的外國人！」他低聲說。站在遠處，他看見那外國人關上拖車的門，便朝旅店的方向走去，重重踩在田埂的土丘上。

「妳在做什麼？」彼得羅問。

潔梅恩打開車上的迷你置物櫃，從裡面拿出捲成圓筒狀的被子，夾在手臂下。

「聽我說，親愛的，千萬別生我的氣。你看，我現在很冷靜，你對我說的話我也都相信。但是在這裡，我沒辦法安心……」

「我不明白妳的意思。」

「我要睡在外面，睡在林子裡。」

「可是為什麼呢？」

她做了一個不耐煩的動作。

「我怕我們說了這麼多，你還是會想要在我睡覺的時候重新開上路。」

他沒打算反駁她。

「好，妳不知道我會做什麼對吧？把被子給我，讓我來，我去林子裡睡。」

潔梅恩哈哈大笑：「不，彼得羅，除非你真以為我瘋了。」

「怎麼說？」

「趁我睡覺的時候，你可以把我關起來，再坐到駕駛座上，再簡單不過了。」

她吻了一下他的鼻尖，在門前祝他晚安，然後跳下車。

「祝你一夜好夢，彼得羅……」

他的目光緊緊跟著她好一陣子。在不見五指的樹林裡她會嚇壞的，他心想，然後她就會回來。然而他妻子的人影消失在林木之間。偶爾，她手上那盞電提燈微弱的光線會出現在這處或那處，似乎正在尋覓合適的角落，然後或許被她關了，否則就是小樹叢把燈光擋住了……他歎了口氣，回到臥鋪上躺下。在他的手掌下方，是被他妻子遺忘的皮包，這使他感到心安。

佛列德回到旅店，喘得上氣不接下氣。從花園可以看到，旅店主人夫婦正在廚房裡準備晚餐。他推開大門，跳進昏暗的樓梯間。

瑪蒂德重重地把單柄鍋放上爐子，說道：「你愛怎麼說就怎麼說，夏勒，但我還是討厭他那麼小心翼翼不讓我們看到，就是你那位庫爾托瓦『先生』！」

她丈夫乾笑了一下。

「妳要知道，在這個時候，水已經滴進火裡囉！」

「你怎麼知道的？」

「他沒有她就出不了門吶。我們見得到她的，而且她是個可愛的女孩，這點我可以保證。」

「你說會不會是他怕被正宮抓到，才這樣來去一陣風？」

「怎麼不可能？」

此時在樓上，佛列德輕輕打開房門。在石油燈微弱的光線下，看見泰蕾莎躺在床上。她沒有翻身。他輕手輕腳穿過房間，站到窗前，向拖車所在的方向望去。彼得羅在菸灰缸裡捻熄了菸，查看一下腕錶。十點半。他看著窗外，希望能看到潔梅恩即將回來的蛛絲馬跡。

無聲與孤獨。有時陣風一吹，便將樹枝壓彎了腰。

他回到臥鋪上，心情惡劣。她怎麼會想到要去弄一把左輪手槍？趁現在在他手上，最好將之處理掉。他打開妻子的皮包。他用手指在裡頭摸索著，將口紅、粉撲、護照一個接一個拿出來，都是女人一般會帶在身上的東西。他把皮包倒空在床單上，將裡頭裝的物品慌亂撥開，又把燈打開，仔細確認一次。他不得不接受這個事實：左輪手槍不在這裡。

一定是傍晚趁著他在趕那個跑來騷擾他們的混混的時候，她把槍拿回去了。

13 第十三章

德妮絲，EXIM的模範祕書，私底下是個摩登年輕女性，展現出十足的矛盾特質，一方面相信當機立斷的好處，同時相信古老藥方的良效。其中一項就是有問題到床上和解。她俐落一甩腳，踢飛鞋子，再套上拖鞋。

「你不脫衣服嗎？」她問保羅。

保羅一臉陰沉，點燃一支又一支香菸，正是刻意賭氣的人會擺出的態度。他轉向另一邊，吼道：「不脫要妳好看！」

這粗魯的言語嚇了德妮絲一跳，她正擺出女性要解開胸罩扣子時的優雅姿勢：上身微微前傾，兩隻手臂繞到背後，形成環狀。每一段愛情都有自己的氣候。保羅和德妮絲的愛情正在暴風雨中。她立刻掛上一抹哀傷失落的笑容，像一隻欲振乏力的蝴蝶：「求求你，親愛的，如果你有什麼話要說就快說吧。現在很晚了，而且我明天得早早上班。」

每當她像這樣把他擺出的大老爺姿態簡化成孩子的小伎倆，他就對她又恨又愛。

「我也是，妳自個兒想想，」他想不到更好的回答，便如此回嘴。

表面上裝作俯首就範的俘虜，卻盤算著利用她的美貌取得近在眼前的勝利，德妮絲走向他，半裸的她，既誘人又清新。她以手臂圈住他的脖子，說話的語氣彷彿基督教殉道者正在質問競技場上的獅子：「從昨天開始就擺這一副臭臉，這樣對嗎？」

既豐滿又堅實，解開扣子的胸罩幾乎掩不住那對乳房，保羅心旌搖盪。他從喉嚨裡吼了一聲作為回應，一點也不想在這種時刻爭執下去。她繼續推進，半抱怨半屈服地說：「我們每個星期就只有、也只有一天半的時間待在一起，我的愛人，我們不能浪費時間！」

針對這一點，他很樂意表達認同之意。這就是她一直在等的轉折點。

「不要啦，放手，你弄得我好不舒服，」她一邊退開，一副難受得要死的樣子。

這招屢試不爽，總能收惹怒保羅之效：「很好！棒極了！妳就是這樣，每次都要我付贖金！」

她鑽進被窩裡，將一條被單拉過來掩住她的裸體。

「贖金？我可憐的保羅，什麼贖金？」

「妳老是有理由！尊貴的夫人跳了一小段脫衣舞，當她覺得我已經燒得夠滾燙了，來人啊，把筆錄拿給他簽！」

德妮絲一臉驚訝，看起來更像從天堂不小心掉下來、一絲不掛的天使了：「就因為這樣？不對吧！你的臉早就很臭了，親愛的。」

「不對！」他狂吼：「不是因為這樣！妳都扭曲我的話！」

「好，那你解釋啊，保羅。」

「就像這樣！妳要人家解釋，可是人家正要……」

「但這樣到底哪裡不對？」她大聲起來：「我當然要知道你是怎麼了啊！」

他已經準備投降，做了一個無力可回天的姿勢：「妳說得對，隨便！每次都是這樣。妳的邏輯無懈可擊。很不幸的，我的邏輯每次都被妳推翻！」

不過這招很好用，他總是利用掀起小口角的機會把衣服脫掉。因此他按兵不動。老神在在的德妮絲不再在意那條床單，坐起身來，改用強勢的語氣：「怎麼樣，不想一吐為快嗎？」

「不要！我偏要把嘴封起來……」

至於為什麼就毋須多言了，一個男人褲子脫到一半的時候是最劣勢的。

「啊，你偏要把嘴封起來！這句話聽起來好像不是很勇敢喔！」

被戳到痛處，他轉過身來，兩腿絆了一下，差點失去平衡：「什麼叫勇敢，不就是向妳的老闆獻殷勤嗎？」

德妮絲往胸脯一拍，還留心了一下有沒有傷到乳房：「我？我向我老闆獻殷勤？你又在幻想了？」

他終於成功把褲子脫下，仔細摺好，壓在床墊底下：「是發現！」他冷笑了一下：「是發現，不是幻想！」

「打個字幕好嗎，麻煩你？我這個人不是很聰明……」

「我不相信那些宣稱自己不是很聰明的人，因為……」

「要查字典改天再查！」德妮絲打斷他。

保羅在心中把這些句子默記下來，仔細琢磨，打算日後在外頭使用。德妮絲確實有她的一套，總在他還沒動作之前就堵死他的去路。他想這個女人留不得：「不管怎麼樣，妳不是這樣跟茱麗葉（Juliette）說的！」

他失控地大聲咆哮。她擺出一種高高在上的姿態，壓低聲調，指指牆壁，而在牆壁的另一邊是「沒必要知道你不愛我」的鄰居。她無役不勝。

「先不說那個，」保羅不屑的壓低聲音說：「妳可不能否認對他使出大腿攻勢，對那個口袋滿滿、自以為萬人迷的傢伙，不管我在這裡痴痴的等妳……」

「都是茱麗葉，」德妮絲喃喃自語，若有所思。

她想了一陣子，吐出一個字來譴責她的朋友：「母牛！」

「管她母牛不母牛，妳承不承認？」

「絕無此事！那是假的！喔！要是你能看看你剛才的樣子就好了。在宗教審判的時代，你一定能出人頭地、平步青雲！」

「妳呢，我看妳最適合待在古希臘，到處都是那些求愛的男人……」

電鈴聲讓他們當場凝結在原地，面面相覷。他們交換了一個眼神。

「你別動，」德妮絲說，一邊套上她的晨褸：「我去看看這個時間還能有誰來。」

她把臥室的門從身後帶上，穿過她小小的公寓：包含一房一廳、廚房和一個小小的玄關。

一開門，她立刻認出是庫爾托瓦太太，旁邊還有兩位男性。其中一位用手肘推推另一位，而這一位彷彿不太情願地拿出一張證件，她只瞄到上面有兩個字：警察。

「發生什麼事了？」

「只是走個形式而已，」紀福赫一臉尷尬地回答。

德妮絲重新端出冷靜的姿態：「庫爾托瓦太太，發生了什麼事嗎？」

珍妮薇芙開口想回答，卻說不出話來。她把哭溼的手帕拿起來遮住眼睛，哇的一聲大哭起來。喬治努力克制自己。

「小姐，我們有理由相信，」他說：「您家裡現在還有別人在。」

「所以呢？」她強硬地回嘴：「這與各位何干？」

「請您好好想想就會知道，這確實和我們有關！」

他比了一個大大的手勢，請紀福赫往前走。德妮絲擋住他們的路：「您是想去哪裡？」

「警察，」探長一時詞窮。

「我去他的警察！我可不是今天才出社會的。您有搜索令嗎？沒有。再說，就算有好了，我還是會讓您在這兒罰站到天亮！」

紀福赫做了個無能為力的手勢，向喬治說：「我跟您說過了，儒利爾先生。」

「您讓不讓我們進去，要還是不要？」

「不要。」

兩個男人杵在原地，心意未決。紀福赫擺弄著斗篷上的一顆扣子，最後決定讓步，喬治則努力壓抑怒火，以免壞事。德妮絲主導了場面，而且樂在其中。珍妮薇芙吸著鼻子。這位年輕女子覺得她有些可憐：「太太，您可以幫我說明一下狀況嗎？」

「我先生失蹤了，德妮絲！」

祕書驚訝地叫了一聲。她舉起手捂在嘴唇上，沒注意到晨褸鬆開了些。喬治的眼珠子差點掉出眼眶。紀福赫則趕緊利用德妮絲心情好的時候說話：「我們來正是為了這件事，小姐。」

德妮絲把她居家袍的衣領重新拉好：「怎麼說？」

「我們才要問妳呢！」喬治回答。

「到底是怎麼樣，我是在跟聾子說話還是跟瘋子說話？」

「您一定要幫幫我們，小姐，」警察開口：「您是最後一個看到他的人，對吧？」

她往後一退，讓他們進入客廳。紀福赫用手拉住喬治，他正要衝向臥室。

「小姐，您離開他時是幾點呢？」

「昨天傍晚嗎？六點二十。」

「您記時間一向記得這麼精確嗎？」

「是他決定下班時間的。」

保羅張大耳朵，努力分辨他們所說的話。他聽到只是一些破碎的對話。聲音變大了。德妮絲似乎怒不可遏：「真的是不可理喻！如果你們這樣想，那是你們腦袋壞了！」

他完全不理解德妮絲悲憤的獨白在說什麼。相反的，喬治的話他聽得一清二楚：「那好，就讓我安個心！」

「我不准您這麼做！」德妮絲大叫。

房門猛然打開。喬治感到無地自容，因為他發現眼前是一個陌生男子，正就著鑰匙孔偷聽，腰彎成九十度，身上幾乎只穿著內褲。他結結巴巴說出一些難以聽懂的理由，嘴巴開開，呆立在原地。有件事是保羅無法忍受的，除非發生在真正親密的關係中：荒謬。出於本能，他朝闖入者的臉揮出拳頭。喬治踉踉蹌蹌向後退了幾步。珍妮薇芙慘叫一聲。德妮絲捧腹大笑，紀福赫伸出手接住喬治的身體，順勢貼在他耳邊說：「總之您別再動了，您已經做得夠多了。」

德妮絲不忍了：「你們滿意了嗎？滿意最好！因為到了明天，你們可就笑不太出來了。事情不會這樣了結的，我跟你們保證！我會去報案。而您，這位假警察，您等著瞧！這真的是太超過了！」

看到珍妮薇芙哭得肝腸寸斷，她的態度稍稍和緩下來。

「啊，您是該好好哭一哭！但現在，請你們離開吧。」

他們求之不得。她一語不發地護送他們，然後「砰」的一聲在他們面前甩上門。她偷聽了一會兒他們在樓梯間的爭論。被揍的那位男性在責怪庫爾托瓦太太，說她所謂的「本能反應」誤事。紀福赫努力讓他們閉上嘴，設法把他們帶離。

她聳聳肩膀，結束她的竊聽工作。

保羅正等著她，他下巴向前伸並高高抬起，表示心中的輕蔑：「可見相信妳跟妳老闆有一腿的人不只我！」

兩手叉在腰上，德妮絲直直盯著他：「真是煩死人了。夠了。我們不要再把剩下的時間花在吵架上頭。」

她脫下晨褸，丟到床上，雙手環抱她的情人：「我們浪費的時間已經夠多了，保羅！」她做出結論，語氣不容反駁。

14第十四章

風灌進擋住去路的旅店煙囪裡，迫使它發出淒厲的控訴。天色陰暗而悶熱，偶爾落下一陣雨。道路上積聚著一團團灰色的濃霧。

佛列德推開被子，轉動脖子，想看看泰蕾莎是不是在睡覺。很難百分之百確定。她的肩膀隨著呼吸規律的起伏。他把頭躺回汗溼的枕頭上。

怎麼樣也無法入睡。

彷彿人生不夠複雜，他們還得吵這種愚蠢的架。自從那戲劇性的場面之後，泰蕾莎就躲在自己的殼裡，再也沒開過一次口。滿腔的怨恨使他咬牙切齒起來。

「啊！我真不是個男人，可是我得負責做每個決定！每件事！每一件！」

得一大清早就回巴黎，才不會因為偷車的事被條子抓包。得付錢給旅店；怎麼付？得想個方法解決那個大問題：泰蕾莎跟那個小孩！得和父親對抗……「但不管這些，我總之不是個男人！」

唯一能夠、至少暫時能夠逃離困境的辦法，說來說去還是得靠手上有錢。實在煩死人了，這個泰蕾莎。就算拋棄她一百次也不為過，真的！只不過這樣一來，他又是孤零零一個人了！對佛列德這種人來說，死是無所謂，前提是他要看到活下來的人因為他的死而學到沉痛的教訓。

他再次瞥向床的另一端。她睡得可安穩了，現在她把她的責任向後一甩，讓他的背去承擔！夠了！他受夠了！

他一隻腳伸下床，再伸另外一隻，光腳踩在地上，身體轉過來俯看著沉睡的女子：她是不是在假睡？泰蕾莎的眼睛始終閉著，呼吸的樣子也毫無不自然之處。他走向窗戶，揭開窗簾，將滾燙的額頭抵在冰涼的玻璃上。

外頭仍是黑夜的王國。一片霧白色的光顯示樹林的位置，四月的樹梢像乾瘦的柴骨，風一吹便向四面八方搖晃。偶爾，一滴留在樹皮凹縫裡的雨珠晃動著，發出微光，像是一種信號。在庭院一角，雷諾驅逐艦像一隻叢林裡的野獸蟄伏著，彷彿正預備跳起來撲向某隻獵物。

佛列德打了個寒顫，他感覺在鎖骨凹處，對泰蕾莎的眷戀刺痛了他。他轉過身子。她沒有動。她居然還能睡得著，這讓他感到火大：「她在那邊呼呼大睡，但這是因為我不夠男人！我要讓她看看，我啊……」他做出無可奈何的手勢，開始換衣服。突然他的動作靜止了，泰蕾莎換了個姿勢，她柔和的臉龐一度被窗外透進的光線照亮，又消失在陰暗中。佛列德把腳套進拖鞋裡，將窗前的簾子拉緊。

將鞋子抓在手裡，他悄悄打開房門。泰蕾莎的眼皮晃動了兩下，但看不出有何異樣。他一到走廊上，她便坐起身來，眉目之間充滿憂慮，一陣寒意襲來，她將被子拉過來蓋住胸口。

走出屋外，佛列德朝車子走過去，鬆開煞車。沿著傾斜的碎石坡，雷諾驅逐艦的輪子壓出細碎聲響。他在鐵柵欄前停住車子，走下車。當他拉動沉重的門片時，鐵門發出嘰嘰嘎嘎的摩擦聲。

一樓，有人輕輕撥開窗簾。

旅店老闆娘驚叫一聲，隨即噤聲，怒火中燒。

「夏勒！我的老天，你還不醒醒！『你的』那兩個客人準備連夜搬家啦！」

從酣睡中驚醒，民宿主人衝到窗邊，搔著腦袋問道：「怎麼回事？是壞了嗎？他怎麼不把車發動？」

「這樣我們才聽不到啊！快跑啊，夏勒，把他給帶回來，那個小壞蛋。」

她把他往門邊推。他抗議道：「等一下下啦，喂，我們想想！萬一弄錯就糗了。妳有看到那小姑娘嗎？」

「她一定是在車裡。」

「所以妳沒看到她嘛。妳先上去確認她是不是在房裡。」

「你瘋了嗎？要幹嘛？」

「今天下午他們大吵一架。妳也知道，他自個兒出門去了！妳怎麼知道他不是想獨自去兜兜風？」

「在這個時間？只有你會這樣想！搞了半天，你只是不想心煩。」

「快去吧。他把那柵門關上的時間就夠妳來回了。」

她一次四階衝上樓梯。在那兩個年輕人的房門口，她遲疑了不到一秒鐘，便輕輕將手放上門把。

見到門鈕開始轉動，泰蕾莎躺下，把眼睛閉上，以為是佛列德回來了。瑪蒂德看見她在床上，鬆了一口氣，再靜悄悄關上門。

與此同時，佛列德已經走到馬路上，留下半開的柵門。

隔著骯髒的窗玻璃，夏勒緊盯著他的行動。聽見妻子走進來的聲音，他問道：「怎麼樣？」

「怎麼樣……她在樓上！」

他比了一個真受不了的姿勢，轉過身來：「哎啊！有道理的人是誰啊？」

「是你！知道了啦，是你！」

夏勒再看了一眼佛列德，他半坐在駕駛座上，一腳撐在地上把沒有動力的車往前推，然後就不再關心他，一邊抱怨一邊走回床鋪。

「想到妳把我叫醒的時候正做著好夢……」

她打斷他的話：「好夢裡的小姑娘取代了我，躺在這張軟綿綿的床上，我敢說一定是這樣。」

他用被子把自己裹起來。

「跟妳就是沒辦法講道理啦。」

嘴巴開開，鼾聲如雷，眼皮在刺眼的光線下緊緊閉著，朱利安．庫爾托瓦在他的噩夢中戰鬥著。他動不了身體，頭部懸空抵在電梯廂的角落。他大叫一聲「不！」，然後醒了過來。

他氣喘吁吁，搖搖頭，彷彿在趕走殘留的噩夢中的景象。他現在就像垂死之人，一把鬍子又厚又髒，頭髮亂得像鳥窩，那雙手抹過臉之後，還在兩頰上留下幾道汙漬。

突然他一躍而起：「有光！」他大叫。

又有光了。他跳起來，失去平衡，再重新穩住，迫不及待按下他手指在控制板上摸到的第一個按鈕。

什麼都沒發生。他更用力按下去，手指微微發抖，久久不放……還是徒勞無功。此時他才想到要看看面板，然後爆出沙啞的笑聲：他按到的是「停止」！

就在他抽回指頭的那一刻，光線消失了。他仰天咆哮：「以上帝之名，給我光！」

才一說完，理智就回到他身上了。一定是夜班警衛。他聽見叫喊聲，四處檢查，先是發現薄格利的屍體，接著是電梯廂裡的凶手……劇終……

出於本能，他向後緊緊靠在電梯廂壁上，雙臂向左右打開，彷彿在逃躲夜班警衛的搜查。從好遠、好遠的地方，他聽見下方傳來一陣踩在大廳方型大地磚上發出的腳步聲。「但願他什麼都沒聽見……」他伸長耳朵，乾燥的雙唇縮進嘴裡，身體平貼在那該死的金屬牆面上，希望和它融為一體……

在闃寂無聲的夜裡，前門重重關上的聲音清晰可聞。此時他唯一敢做的，就是在呼吸時深深吐氣，吐個沒完，總之先把胸中的空氣全部吐盡。慢慢的，他往下滑，癱軟、蜷成一團，身體隨著小小的抽泣而起落。

「我躲過他了！」他抽抽噎噎地說，只為了聽聽自己的聲音……他又發出那種能讓他放鬆心情的怪笑。他讓自己笑個夠。「哎！我現在的臉色一定很好看，」他聲音越來越洪亮：「我想說就說！」他狂吼：「只有我一個人，我想怎樣就怎樣！」

他站起身來，氣勢凌人，隨即發覺自己快要失去理智。他把臉埋在手裡，全身緊繃，因為他正使出強大的意志力努力恢復冷靜。

「好了、好了……鎮定點……」他鼓勵自己：「鎮定點……」

他抬起手臂，用袖子擦擦汗溼的前額。

現在會是幾點？他腕錶上的磷光刻度顯示是三點。早上三點？下午三點？是哪天的白天？哪天的深夜？

他覺得下巴好痛。他覺得筋疲力盡、全身痠痛。他的脖子因為扭到，肌肉緊繃，無法正常轉動。他坐下來，雙臂抱腿，下巴抵在膝蓋上。

獨自一人。會死，也說不定？死亡就是這樣嗎？

他掐了一下自己。「不，我還活著。我沒死。」

「我呢，是在地獄裡。」

他鼓起臉頰，把心中的苦楚隨著這口氣一起呼出去。他開始詛咒命運。命運？那不是用來為失敗自圓其說的藉口嗎？人們永遠只有在落敗時才會說出這兩個字。獲勝，人們便吹噓自己的能力。敗下陣來，他就控訴命運不公。

他好像又恢復了一點力氣。「我要創造自己的命運。堅持下去就行了。強者就是這樣才受人稱頌。」

要是能有一根香菸就好了……

他又沉沉睡去，回到他的噩夢裡。

在一陣陣風的拍擊下，架在輪組上的旅行車廂搖晃著，發出刺耳的摩擦聲。

簡直跟在海上沒有兩樣。彼得羅坐在臥榻上，這樣才能靠著玻璃窗望著他妻子消失的方向。幾乎什麼也看不見。他低聲咒罵。怎麼能讓她帶著那些念頭自己待在那裡。真是太荒唐了。而且要是下雨怎麼辦！

他兩條腿左晃右擺，用腳掌找回拖鞋，然後走下車去。他站在小樹叢前叫喚著：「潔梅恩！」

他按兵不動，靜靜等待著沒有出現的回應，然後往前走幾步，再叫喚一次。毫無回音。

他用手撥開樹枝，繼續向前深入。但這些雜亂的小樹叢阻礙了他手電筒的光線。他從來不曾置身於這種伸手不見五指的漆黑之中。他再也沒有勇氣前進。一根植物的刺劃破他的腳踝。他生起氣來。一眨眼，他已經回到馬路上，離拖車只有十公尺遠。

「隨她去！」他向他的庇護所走去，宣告放棄。

但他遲遲無法入睡。

潔梅恩醒來，渾身發抖，露水沾溼了她的身體，夢中鮮明的畫面尚未化為虛幻。這夢的內容從來沒變過。夢中彼得羅把她關在一個籠子裡，還把她伸出手臂到鐵欄杆外想叫過來的那個孩子帶走。他輕輕推了一把，那孩子就消失了。於是她拿起一把槍，然後……然後在這一刻，她醒了。

一如往常，一等她完全清醒，她便奔向彼得羅，那是她的避風港。但這天晚上，他不在她身邊。

她聽著風呼嘯而過，林葉瑟瑟發抖。在她頭上，大自然發出喀啦喀啦、窸窸窣窣的聲響，枝葉劇烈的搖晃，彷彿在替她搧風。睡袋將她從頭到腳裹住，像個鳥籠。她將那把武器握在手中，貼在心臟前方。不遠處，一個清脆的聲音響起，害她差點嚇得大叫出來。她立刻從被子裡爬出來，站起身子，渾身發抖，把左輪手槍直直伸向前方。

「誰在那裡？」

黑夜不肯洩露它的祕密。耗盡力氣的她靠在一段樹幹上。葉子輕撫著她的肌膚。她下巴控制不住地抽搐著：「彼得羅……」

佛列德把雷諾驅逐艦停在坡道頂端。他咬住嘴唇，努力讓自己保持冷靜、條理分明。可是他無法下定決心。

彼得羅重新在臥鋪上坐下，點起一根菸。

潔梅恩在枝葉之間瞥見遠處有一星極其微弱、搖晃不定的光亮，或許來自她丈夫的打火機。她拔腿朝那個方向跑去。但那道火光消失了，她還必須繞過眼前的灌木叢。內心的極度驚恐使她失去理智，她繼續向前跑，任由荊棘劃破她的雙腿。

「大燈，」佛列德心裡想著。他想切掉開關，卻弄錯了，反而把燈打開。他立刻將大燈熄滅。

突然間，帶著急促的呼吸，潔梅恩衝出馬路。方才降下的雨水還沒有乾。馬路就像是一道直直的、灰色的疤痕，劃過森林的中央。她背後好像有什麼東西在動。她轉過身來，內心充滿恐懼，手指扣在扳機上。她身體抖得越來越厲害，內心也湧起一股憤怒，使她整個人非常緊繃，就和被關在鳥籠裡的時候一樣。大約三、四百公尺外的土坡高處，有兩隻眼睛亮了起來，又立刻暗了下去。那一定是彼得羅，他認出她的身影，正在為她指路。她再度邁步，七彎八拐地朝那個方向走去。

離開車子走不到十步，佛列德就不得不停下腳步。他冷得直發抖，卻又狂冒汗。他反射性地將庫爾托瓦的雨衣拉緊，一邊打著哆嗦一邊想著：我忘了一件事……是什麼呢？即使他全身赤裸，也會產生一樣的感受。他想到一件事。他向車子跑去，抓起前一天在前座置物箱看到的左輪手槍。武器在手，他感覺有了對抗全世界的勇氣。他差點要把手槍套在食指上，像牛仔那樣轉圈。別開玩笑，這可是真的……正要離開時，他聽見喘氣聲和一陣急促的腳步聲，像雕像一樣停在原地不動，脖子上的血管開始鼓脹，口中的唾腺停止分泌。有某個東西、某個人正急速靠近他。某種難以分辨的無意義的聲音從他喉嚨中傳出。若是可以，他真想大叫。

「彼得羅……彼得羅……」那個人哭喊著。

他試圖推開入侵者，但對方緊緊拉住他的手。他將握著左輪的右手揮了出去，沒聽見對方發出的哀嚎聲，轉身要逃。一聲槍響。佛列德感到有東西擦過他的肩膀。一顆子彈從他耳邊咻的擦過去。這讓他失去理智，立刻開槍。一槍、兩槍。那個敵人，倒了下去。他呆立在原地。潔梅恩在地上蜷成一團，帶著怨恨的聲音呻吟著：「彼得羅……彼得羅……」

佛列德想著：「她在說什麼？」

第一聲爆裂聲將沉睡中的彼得羅驚醒。他站起身來。潔梅恩！當第二聲槍響傳到他耳中，他已經走出拖車，正大聲呼喊著：「潔梅恩！」

他朝著聲音傳來的方向聽著，同時隱隱約約看到一團靜止不動的形體。但是他一靠近——是潔梅恩嗎？——便轉身作勢要逃。彼得羅的腳被他妻子的身體絆了一下，往前一撲，抱住了那個黑影。

「潔梅恩，親愛的，是我啊！妳冷靜一點……」

他不能輕易認輸。她很可能正在發作。

「把槍給我……給我……」

一聲震耳欲聾的撞擊聲。起先他以為是潔梅恩甩了他一巴掌，但他立刻明白發生了什麼事：「不，潔梅恩！不！」

幾乎就在他身旁，又一聲巨響……某個東西在彼得羅的腦中爆開，他十根指頭張得開開的，嘴唇勉強動了一動，吐出幾個字：「給我那把……」

第三聲爆裂聲硬生生打斷他的話。他向後倒下，發出嘶啞的慘叫，口中滿是鮮血……「可憐的潔梅恩，妳做了什麼？」他以為是潔梅恩的那道黑影俯身向他……

朱利安發現自己口袋裡還有幾根菸絲。他耐心的用指尖一一將它們收集起來，塞進拱成碗狀的手掌心。他撕下工作日誌中的一頁，當做捲菸紙。確實是細了一點，不過有總比沒有好。

他用打火機把它點燃，幾乎只來得及抽到一口，那張紙便完全燒成灰了。

15 第十五章

旅店老闆上了年紀的心臟砰砰跳動，就像一隻噁心的癩蛤蟆。泰蕾莎該不會真的在等我吧！她精緻的小臉蛋靜靜靠在抱枕上。從她長長的睫毛下透出的目光甚至帶著幾分夏勒也不知該如何解釋的淘氣。一根指頭彷彿帶著嘲弄的意味，沿著枕頭邊緣，邀請他再靠近一點。夏勒的心跳一次漏了三拍，但不會再有下次了，他要立刻行動。

他一把扯下蓋在少女身上的被單，沒想到被潑了一盆冷水：可惡的瑪蒂德，每次都給客人三十六條被單！

泰蕾莎眼中的嘲諷越發尖銳了。她一動也不動。夏勒坐在床邊。她真是可愛。他粗魯又急躁地扯下第二張被單，底下出現了第三張被單。看到他失落的表情令她笑出聲來，他用大大的手掌蓋住她的嘴，不讓她發出聲音。他用另一隻手的大姆指比了一下牆壁，那後頭正睡著他的太太。看到他的舉動，泰蕾莎咯咯笑了起來，她拋開一切矜持，開始蓋在身上的被單全部扯掉。他們焦急的動作撞得床鋪東搖西晃。兩人鍥而不捨，在那一大堆被單中越陷越深，始終無法脫身，儘管有被單的阻隔，仍試圖將彼此擁入懷中。古老的獸性在他們體內復活。非得堅持到底不可。當他發現自己汗毛直豎，他知道在他面前的就是最後一層遮掩了。在那下面就是泰蕾莎的胴體。他的手指抓住這最後一道障礙的布邊，肌肉緊繃，準備撕開……好大的聲音！瑪蒂德叫著他的名字，既遠又近：「夏勒！夏勒！」

他比了一個厭惡至極的手勢：「不要來煩我！」

袒露在他的面前，泰蕾莎的嘴角揚起譏諷的笑容，以一種粗俗姿態不屑地對他說：「怎麼樣，老蠢蛋，好了沒？」

這老漢再次一躍而起，卻落在自己床上，雙眼睜開，因疲累與挫折而全身無力。瑪蒂德抓住他的肩膀大力搖晃，重複地說：「怎麼樣，好了沒？老蠢蛋！」

他痛苦地嚥下一口濃稠的唾液，還不肯面對現實：「該死的東西！」他咒罵：「妳就一定要……」

他舉起乾枯如柴的手揉揉帶血絲的眼睛，伸出舌頭濡溼乾燥的嘴唇。他氣呼呼地吼道：「是怎麼了？著火了？」

瑪蒂德聳起肩膀：「他回來了。」

「誰？誰回來了？」

「那男的。朱利安．庫爾托瓦，或隨便你要叫他什麼名字。你沒聽到嗎？」

他聽到了。當他伸長耳朵，便能清楚聽見類似引擎的隆隆聲，由於持續不斷的震動，牆壁也阻隔不了。一股憤怒剎那間攫住了他：「所以咧？那又關我屁事？就不能讓我好好睡覺嗎？」

瑪蒂德盯著他不放，眼神中帶著嚴厲的譴責：「這不是說笑的時候。你那位小紳士大喇喇地開進來，一下車就衝上樓，引擎都沒熄。你懂了嗎？」

「不懂。」

他太太輕蔑地擠了一下嘴：

「我用你的美夢賭一夜不用吃安眠藥的好睡，他一定是回來找他的小母雞……而且是偷偷的。可以了嗎？懂了嗎？好了。上工了。」

夏勒重重歎了一口氣。只要瑪蒂德一認定什麼事……他愁眉苦臉地套上長褲。

泰蕾莎穿上衣服，一臉睡意未消。她扣上裙扣。通常在她做這些事的時候，佛列德總會望著她。今晚卻背對著自己，緊張兮兮掃視著窗外的田野。

「動作快！」他斥責她。

「我在快了、我在快了，」她的聲音帶著哭腔，一邊努力搞定她的裙鉤：「可是我不懂……」

「誰知道妳哪天才會懂……」

他過來幫她一把，幫她套上毛衣，卻沒有看她的胸部一眼。「他是怎麼了？」她心想。突然她想起昨天的衝突。「我們真的鬧得很凶。」她對他的氣已經消了。

「快要早上四點了！」他埋怨著：「妳都沒想到這些。還有偷來的車子呢？

妳也沒在想。每件事都要我來做，都要塞在我的腦殼子裡，更不用說我還有自己的煩惱。得趁天亮前把那輛破車丟回市區，妳搞懂沒？」

她當然搞懂了。她甚至想得比他還遠。

「那這裡呢？你要怎麼付錢？」

「妳不用管。動起來，我就只叫妳做這件事而已。」

泰蕾莎把她赤裸的小腳塞進平底鞋裡。

「我好了。」

他抓起她的手腕就往外拉。確認走廊上沒有動靜之後，拉著在後頭的她走向樓梯。他們輕手輕腳地下樓，穿過大廳，避開那些扶手椅，光線穿過它們上過漆的柳條，投下條紋狀的影子。泰蕾莎緊張得像喉嚨打了結：「拜託旅店老闆夫婦不要醒來，不然就更難看了！」

在她即將跟著佛列德走下花園的那一刻，瑪蒂德的聲音將她當場釘在原地：「小朋友們，不行喔。想要不告而別，你們得更早起才行。我們家週末的價碼是五千法郎。」

泰蕾莎差點要承認一切。佛列德把手掌按在她肩膀上，阻止她把祕密洩露給旅店老闆娘。「他真的什麼都想到了，」她心想。

「五千法郎？」佛列德站在外頭，裝著聲調，嘟嘟囔囔地抱怨。

泰蕾莎雙手合十，心中祈禱：「上帝啊上帝，求求您，您已經讓他找到錢了對不對！」

「……是每人！」

補充這個細節的是夏勒燒焦般的沙啞聲線。

泰蕾莎從半開的大門中間望著佛列德，看見他把手伸進口袋裡掏弄著，嚇得心跳快要停止。「他瘋了，」她想著：「用這招唬弄不了他們的。」可是這種無恥的裝模作樣一旦過了第一關，就算發生奇蹟也不會令這個女孩吃驚了。她的男友抽出一張皺到不行的一萬法郎鈔票，伸手遞給她。她把鈔票拿給瑪蒂德，她一把抓走。

「服務費還沒算，」她表示。

佛列德再次把手伸進口袋裡，拿出一束壓得不成形狀的東西。他把身體轉過去一些，不讓她看見。他從中抽出兩千法郎，再把剩下的收好。

「一路順風！」直到最後一句話，瑪蒂德心裡還是不痛快。

兩個年輕人又聽見夏勒的聲音，試圖緩和他太太語氣中的火氣：「有空再來啊！我們永遠歡迎兩位！」

但瑪蒂德堅持要當說最後一句話的那個人，她把身體探出門外，衝著清晨冰冷的空氣說道：「沒錯，更歡迎你們大白天來，別躲躲藏藏的，讓我們看看兩位的尊容啊！」

鐵門哐噹一聲關上，她轉過身來：「真是好爸爸、好阿公唷！你啊，只要這方圓十里內飄來一絲香粉味，你就準備好要把全副身家送給人家囉！」

他拿起她手上的錢，放在她鼻子底下搖了搖：「妳在抱怨什麼？他們都付妳錢了，還要怎樣？」

她找不到理由反駁他的說法。他採取攻勢：「妳不開燈是在等什麼？黑漆漆的，搞得我們好像在幹什麼見不得人的事！」

話才說完，他自個兒往裡走去。燈一亮，鏡子裡便逮到他的身影，映出一名上了年紀的男子，褲頭的扣子扣錯了幾顆，顯得歪七扭八，上身的毛線衫敞開著，露出蒼白的胸脯。

「哼！真是紅光滿面啊！」瑪蒂德冷笑一聲。

「妳呢？」他反唇相譏：「妳沒抓到人家不告而別，妳就沒紅光滿面？」

瑪蒂德噗哧一笑：「你照照鏡子吧。」

「我在照……」

他捧腹大笑。他往妻子的俏臀上響亮地拍了一下，摟住她的腰，讓她看看他倆在鏡中的倒影：「咱們倆看起來還是挺郎才女貌的嘛，嗯？」

手勾著手，他們一邊笑一邊慢慢走回臥室。有那麼一會兒，玄關空無一人，卻大放光明。接著夏勒又回到這裡，穿著他的長襯褲，氣呼呼地，滿口抱怨：「這些苦差事，每次都是我做！」

他把燈關了，用跑的衝回妻子身邊。

紅色雷諾驅逐艦以時速一百的速度行駛在西向高速公路上，朝巴黎前進。

「不要開這麼快啦！」泰蕾莎求他：「我會怕。」

「要是人家追過來……追上我們這輛贓車，妳還會更怕！」

他伏在方向盤上，努力衝破車頭燈照不到的黑暗。

「你要是想被公路警察攔下來，最好的方法就是像這樣在夜裡橫衝直撞。」

他沒有回答，但調整了速度。

「你剛才是去見你父親嗎？」她發問。

「老爸？為什麼？啥時的事？」

「呃……就是剛才，你出去……」

「啊……可見妳那時沒睡著嘛？」

「你付給旅店的錢是他給的嗎？」

「他？妳真的是有夠……」

他沒把那個字說出口。皺起眉頭，陷入嚴肅的思索，過了幾秒鐘，他有些緊張地開口說道：「對，我去見了那個做父親的，把事情告訴了他。他就扔給我十……我想大概有十五張鈔票吧。」

他很想看看她的表情，卻選擇繼續盯著路況，然後又說：「是一張一萬的，五張一千塊的。」

他們之間隔著一道沉默。打破這道牆的是泰蕾莎：「你也把我們的事告訴他了？」

他在座位上不安地扭動。

「喔！要是妳看到他大半夜被叫起來那種表情就好了！妳錯過一場好戲，我不騙妳。因為太措手不及，所以他只把錢推過來，沒跟我吵半句。」

他試圖讓氣氛輕鬆起來，可是有心無力。她鍥而不捨。

「那現在他知道了？」

「知道什麼？」他衝口而出。

「你和我的事。」

他沒回答，心情變得更加煩躁，她的目光彷彿剝去他靈魂的一切遮掩，令他感到困窘，想到自己可能不小心多說了什麼，暴露某個連自己都難以承受的真相，也令他恐懼萬分。

「那這輛破車，該拿它怎麼辦？」

隧道入口將他們吞沒。隧道的盡頭是聖克盧橋（Pont De Saint-Cloud）。

「我不知道，」泰蕾莎說：「我一直覺得可以把它放回我們開走它的地方。」

佛列德同意她的想法，還重複了好幾次：「滿不賴的……滿不賴的……」

這種小男孩的口氣讓她心動，她靠近他，感覺他的身體在顫抖。他很感激在孤獨中，泰蕾莎為他帶來的這分溫暖：「不要為這輛車傷腦筋了，我會再買一輛給妳……等著看好了……」

看起來，他已經跟他父親談過了，只是不想承認。自尊心太強，每次都是這樣。在陰影中，她露出微笑。但為什麼他一直那樣發抖呢？她很想問他，但是忍住了。佛列德的肩膀垮下來，彷彿累積的疲憊正重重壓著他。他在打嗝。一輛貨車與他們交錯而過，強光一下子照亮了車內。他掉下眼淚。

「你怎麼了，佛列德？」

「沒事……我……只是沒睡飽而已。」

他說出這句話時不尋常的聲線，像孩子一般，搖搖晃晃，令她感到心疼。

「你休息一下吧……」

「去哪裡呢？我還能去哪裡？」

她一臉驚訝，提議說：「來我家啊！」

「謝了，泰蕾莎，妳很酷……很酷……」

他暫時把車停下來，把她擁入懷中，緊緊抱住，喃喃地說：「千萬不要放我一個人……我需要妳……」

「我也是啊！我也需要你，佛列德……我需要一個男人……」

「一個男人？」他聲音尖銳起來：「我不是男人嗎？我沒有帶錢回來給妳嗎？」

「有……有……」

無庸置疑，昨天的衝突他還深深記在心裡。她想替自己解釋。

「很抱歉對你說了那些話，佛列德……我根本不知道自己在想什麼……」

他把嘴巴埋在情人的鎖骨凹處。她聽不太清楚他的聲音：「……不可以把一個男人逼到絕境……不可以……」

「親愛的……我不會再做這種事了……」

他輕撫她的臉頰。有什麼東西刮到她的皮膚。是他手腕上的錶。她心生懷疑：「佛列德！我敢說你一定摸走了你爸的錶。」

這年輕人的反應完全超出她的想像。

「老爸，我管他去死！妳聽到了嗎？妳也是！不准再有人問我蠢問題了！我受夠了，妳懂嗎？夠了！」

他一口氣把油門踩到底，發出刺耳的摩擦聲，車子衝了出去。她一句話也不敢再說。或許是因為她已經想通了，也在這一刻做了決定，只是她自己還沒有察覺。

雷諾驅逐艦駛上凡爾賽道。

16 第十六章

燈泡亮了。這次，大放光明的是朱利安．庫爾托瓦的腦袋。他一躍而起，不敢呼吸，什麼都看不見，便舉起手肘來護住眼睛，內心方寸大亂。又是夜班警衛嗎？他反射性的看看手錶：五點半……這代表什麼？如果一個人的生活在中斷三十六小時之後又重新開始，是很難在彈指之間相信這件事的。

血液大力敲擊他的太陽穴。無意識中，他的思緒被牆外漸漸升起、聽起來悶悶的市井雜音牽引，在一片混亂中，突然浮現一個畫面：門房，或是某個清潔婦按下了電梯鈕。他們會發現他……得來全不費工夫！

帶著些許膽怯，彷彿不想表現得在和命運對抗，他按下十三樓的按鈕。神奇的是，機械動了起來，沒有噪音也沒有晃動。

電梯停了，但是他不敢走出去。事情太順利了，其中必有陷阱。什麼陷阱？

啊！對了！千萬不能讓人懷疑他這段時間一直待在大樓裡，離薄格利的屍體這麼近。

他從電梯拉門的上方把門鎖住，以免有人闖入，再掀起地上的油氈布，檢查他在黑暗中靠打光機的火光鎖上的活門螺絲。靠著那把折疊刀，他用顫抖的手為他在幾乎看不見的狀況下做的工作收尾。小小的刀刃斷了。刀尖不知彈到哪裡去。他花費了幾分鐘寶貴時間找了回來，放進口袋裡。接著處理指紋。拿著手帕，他把金屬牆面、天花板、門板上的指紋盡數抹去。他用腳尖把之前試圖點來抽的菸絲推到電梯門的溝槽裡。無論如何，清潔工會用吸塵器和溼拖把將每個角落都清過，不過小心駛得萬年船。

他往自己的大衣上大力拍了幾下，這樣萬一遇到人的時候才不會顯得太髒。準備妥當，他便側耳傾聽。真空一般的安靜。他輕輕將電梯拉門朝側邊推開，不讓滾輪發出摩擦聲。外頭一個人影也沒有。他往前走了幾步，重獲自由的感覺讓他一時毫無頭緒，仔細聽了一會兒。半點聲音也沒有。他奔向他的辦公室。

看見匯票、支票和備忘錄靜靜躺在桌上，他激動得差點暈過去。一切都是這幾張紙害的！好巧不巧，就在他抓起那些文件要去銷毀的那一刻，一陣胃痙攣發作，痛得他彎下腰去。他抱著腹部，努力要自己別叫出聲來。

他拖著一隻腳往外頭走去，猛然直起腰來，彷彿有人往他臉上揍了一拳。他驚惶不已、全身僵硬，聽見一串腳步聲越來越近。他拿出最後一絲力氣，衝過去把鑰匙一轉，將門鎖上。來了。那串腳步聲停在他門前。

他摒住呼吸，身體貼在牆上。門把旋轉了好幾次。痛感漸漸消退。新的危險顯然嚴重許多。走廊上的那個人不斷嘗試，不斷推門。朱利安咬住嘴唇：他從沒想過要換掉這組舊到不行，根本經不起摧殘的門鎖。門把劇烈晃動，有人正試圖撞開這扇門。

「您在找什麼嗎？」一個女人的聲音叫道。

「老實說，我也不知道……」

是艾伯特！他究竟想幹什麼啊？清潔婦像是奉承一般，笑得合不攏嘴。

「真有您的，每次都這麼會說笑話！」

「我不說笑的，」艾伯特回答她：「我只是開始老了。我開始出現幻覺了。走到門口的時候，就今天早上，我覺得我看到一個租客的車子。我很想確認他人在不在裡面……因為您知道，我週六傍晚親眼看著他離開的。」

「那不又代表什麼，」女人反駁他：「說不定今天一大清早他就來了，來工作啊。」

「他不是那種人，」門房打斷她的話：「再說，您倒是解釋解釋他是怎麼進來的，所有的門都鎖住了。」

他們走開了。朱利安聽著他們的聲音越來越小。

「您有事找我嗎？」艾伯特問道。

「對，我想知道他們油漆塗好了沒？」

「弄好了。只剩搬進來而已。」

「這樣的話，我就從那間做起，帶我那組人進去。裡面一定滿滿都是灰塵跟碎屑。」

他們最後說的話朱利安便聽不見了。他緊張地搓著手掌。這樣正好！他穿過隔壁房間留下的最後一絲痕跡就會消失了。他的臉上泛起無聲的笑容。他發覺上帝從頭到尾都眷顧著他。接著突如其來的，他再次雙手捧腹：那股痛楚又回來了。

他拖著身體走向辦公桌，點火燒掉文件，把灰燼從窗戶灑到外頭去，呼了一口氣。終於！

他吞下一顆藥丸，卻卡在喉頭，走向壁龕的小廚房去喝點水。洗手台上方的鏡子照著他，映出一個街頭混混的模樣，兩頰長滿髒亂的鬍子，眼神憔悴，四周繞著黑眼圈，大衣背後處處是汙漬。他拿起衣刷刷了起來。背後還行，可是腰部的油漬卻清不乾淨。他脫下衣服抖一抖，灰塵紛飛，就像在拍打一塊地毯似的。不必說，外套髒成這樣，他絕不能在任何地方現身。他把外套套上衣架吊起來，然後在一張便條紙上草草寫下：「德妮絲，麻煩妳一到就將我的大衣送去乾洗店……」

他的筆停了一下。他的祕書一定會認為這張便條是週六傍晚寫的。於是他補上：「預報說週末氣候宜人。我穿放在車上的雨衣就行。」

他把紙條別在大衣上，走出辦公室。

不過才一走出去，他又轉頭往回走，推開辦公室的門。那隊清潔婦剛轉過走廊的轉角，朝著剛油漆好的那間辦公室走來。他默默聽著她們的腳步聲和她們的對話。等到判斷她們已經進到房間裡，他再次走出辦公室，快步朝電梯走去。然後又改變心意：太危險了……，他鑽進樓梯間，踮著腳尖走下樓。他聽得見清潔婦們聊天的聲音，那聒噪的聲音凌駕在轟轟作響的吸塵器之上。

當他下到三樓時，一聲尖叫傳到他身邊。薄格利！他緊握扶手，不讓自己被恐慌壓倒。

門房的叫喊聲從下方往上衝：「怎麼啦？」

回答的聲音從十三樓往下掉：「快點上來啊，艾伯特先生！」

「先說什麼事啊？」

「慘啦！大慘案啊！」

吸塵器安靜下來。頭上，是驚呼聲和激動討論的聲音。底下，艾伯特正咕咕噥噥地抱怨那些上樓時搭了電梯的清潔婦。電梯廂下降，發出幾乎聽不見的嗡嗡聲。

朱利安慶幸剛才沒有搭電梯。他等待著，神經陣陣抽痛，嘴唇咬得太緊，皮膚下透出上下顎的形狀。

電梯廂一抵達樓下，便再次晃動起來。艾伯特坐著電梯上樓。路線淨空了。他拔腿衝出去。

他在路上狂奔，真的像「飛」的一樣。在開著咖啡館的街角，距離他的車子兩步之遙的地方，他站著不動、瞠目結舌。在他面前的人行道上躺著幾個用粉筆寫的、大致清晰的五十公分長的大字，他帶著一種孩子般的恐慌念出來——

上帝在找你！

他站在一排比較小的粉筆字上，他往後退。在救世軍的召喚下方，某個流浪漢寫下——

我在轉角的小酒館

朱利安笑不出來。帶著抽搐的臉頰，直到坐上駕駛座，回想起這一路發生的事，他才開始能夠呼吸。他還有沒有忘記什麼？

文件……成灰了。

薄格利……自殺了。

電梯……沒有痕跡。

指紋……都擦掉了。

大衣……乾洗店。

冷冽的清晨凍得他瑟瑟發抖，他把手伸到後面，拿起雨衣套上。他拉了一下啟動器。

點火系統全開，發出飛機一般的巨大嗚響。他切到一檔，把車子開出去，在第一個路口右轉，因為心生畏懼，又向左轉，最後竟發現自己停在那行粉筆字前面：上帝在找你！他聳聳肩膀。他得遠離這棟邪惡的大樓才行！他狠狠踩下加速器，繞著街區開了一圈，差點要轉進同一條路，但是在最後一刻把方向盤拉正，沿著奧斯曼大道飛馳而去。

到了黎希留—杜魯歐站（Richelieu-Drouot）[1]附近，他發覺開錯了方向，便將車子迴轉，沒有直接往回開，而是冷靜地繞了一大圈。幸好這個時間路上還沒什麼人。他緊緊握住方向盤，這樣雙手才不會發抖。

譯註1——位在巴黎第二區和第九區交界處，一側是奧斯曼大道，另一側是義大利人大道（Boulevard des Italiens）。

17 第十七章

一聽見細細的鈴聲響起，嘉娜就反身將電話接起，像是根本沒有睡著一樣。

「喂？您好？」

她的丈夫就在她身邊，揉著眼睛問：「誰啊？」

她比了一個手勢表示不知道：「您要找哪位呢，先生？」

喬治把聽筒搶過來，氣呼呼對著話筒吼道：「怎麼回事啊？怎麼有人在這種時間打電話吵醒別人！」

聽筒裡傳出滋滋聲。見喬治露出驚訝的表情，她擔心地問：「壞消息嗎？」

「紀福赫？」喬治問：「有什麼事？」

「怎麼了喬治？壞消息嗎？朱利安嗎？」

他做了一個手勢要她別說話，專心聆聽著，神智已完全清醒。

「聽著，老哥，」他終於開口說話：「說了半天，您該不會把我從睡夢中吵醒，只是為了問我這頭有沒有什麼新消息吧？」

「正是、正是，」紀福赫回答：「總得確認一下，不是嗎？」

嘉娜插嘴：「我敢說他一定是找到他了！」

他用一隻手把話筒遮住，轉過身來對他太太說：「妳要不要讓我聽電話？沒有，我告訴妳，他沒找到他！喂？您就不能在正常時間打來確認嗎？」

「哎喲！您以為我願意？我也是被從床上挖起來的啊！」

「這不是理由！……欸？您被從床上挖起來？為什麼？」

「我就知道、我就知道……」嘉娜帶著哭腔說：「他們已經找到他了，只是不想告訴你！」

「把您從床上挖起來，這話是什麼意思？」

「沒什麼意思。是另一個案子，不重要……」

喬治快煩死了，轉頭看他太太，像默劇一般用肢體向她表示：「妳看吧？」

嘉娜緊張地搖動手指，表示她不認為如此：「他編故事騙你的。他一定是從太平間打電話來的。問他，問他……」

喬治做了一個受不了的動作：「拜託妳好不好，嘉娜，我都沒辦法聽了……不，我在跟我太太說話。紀福赫，請您解釋一下，到底發生什麼事了？」

「真的沒有，儒利爾先生，我可以再說一次。我想要知道你們有沒有得到庫爾托瓦還活著的任何消息，只是這樣而已。對了，庫爾托瓦夫人還在府上嗎？」

「當然了……她在這邊……您稍等……」

他推著嘉娜下床：「快去確認珍妮薇芙是不是在房間裡。動作快……」

她立刻照做，一邊慌慌張張尋找她的穆勒鞋，一邊套上她的睡袍往外走。走到大門口時，她遇見剛到達的女傭。

「有什麼需要嗎，夫人？」

「沒有。庫爾托瓦夫人沒出去吧？」

「我不知道……」

嘉娜打開房門，珍妮薇芙正睡得香甜。

「賤人！」嘉娜不敢置信：「全家就她睡得著。」

她差點把門甩上，卻看到女傭用疑惑不解的眼神望著她，只好試著笑一下。

回到房間時，她的丈夫還在追根究柢：「探長，我沒聽懂您的意思……」

紀福赫耐心地重複：「您手上的那些簿子……庫爾托瓦的祕密帳簿……」

「是……」

「您還是想對您妹夫提出告訴，對嗎？」

「那是當然……」

「那好，事情很簡單……您不必費事。我的一個同事待會會過去拿。多爾瑪（Dormal）。您記得住這個名字嗎？多爾瑪。」

「多爾瑪，沒問題，可是我不明白的是……」他看到嘉娜出現在床尾。

嘉娜聳聳肩。

「她在床上，睡得很熟。」

「吶，我不就是這樣跟您說的，探長。她沒有離開這間房子。現在您要不要跟我解釋一下……」

「謝謝！」紀福赫回答。

「喂？喂？」

喬治驚訝得張大了嘴，盯著手上的聽筒。

「妳看到了嗎？他掛我電話。」

「他有事瞞著你，」嘉娜一邊鑽進被窩一邊說。

「什麼叫他有事瞞著我？難道他在太平間找到他了嗎？如果是這樣，他就不需要那些簿子。」

「什麼簿子？」

「他的帳簿。有個警員會來拿，我得把它交給他。」

「你還是決心要毀了你妹婿嗎？」

喬治高舉雙臂：「妳問我我問誰啊？親愛的。妳想要我說什麼？」

嘉娜倏地轉過身來，但是又鎮定下來對他說：「總而言之，如果他那邊有找到任何蛛絲馬跡，就不會打電話來問你有沒有任何消息了。」

喬治乾咳了一聲。

「或許吧。睡吧，已經很晚了。」

他把被子拉到肩膀蓋好，翻來覆去好幾次，沉重地歎氣：「真是見鬼了！」

「這通電話究竟是什麼意思？」嘉娜不解。

「我怎麼知道？有人喜歡天還沒亮就吵醒那些老實人。」

「可是他都沒跟你說什麼嗎？」

「沒有。他講的妳都聽到了，不然也知道了。我不計任何代價都要讓他進去吃牢飯，這個小混蛋！」

「是啊，當然了。畢竟所有問題都是他造成的！至於你那成天裝無辜的妹妹，她都沒有錯！不是她把他逼到這個地步的，不是她間接迫使他去做這些不光彩的事！可是因為這個成天一哭二鬧的女人，把大家搞得人仰馬翻，然後這可憐的傢伙，他也不比別人壞到哪裡，卻要被警察追著跑，好像他是歹徒似的！」

「他就是個歹徒！妳不知道他偷了我多少錢！」

「喔不！拜託別又來了。我只要想到她，他的妻子，嘴裡說著愛他，卻把這些檔案交給你！你妹妹，她真是卑鄙。」

喬治震驚凝望著他斜躺在床上，慷慨陳詞的妻子。

「說來說去，珍妮薇芙到底對妳做了什麼？」

「對我沒有。但是對我們、對朱利安，有。」

「她就是一個可憐人，不知道怎麼過好自己的生活。」

「像她這樣的可憐人不懂得怎麼過好自己的生活，卻很會搗亂，把別人的人生弄得天翻地覆，這樣所有事情，真的是所有事情，必要的時候甚至連混亂都要繞著她們轉！」

他還想表示異議，但她舉起手臂，以堅決的姿態斬斷他的企圖：「好了，睡覺吧。爭這個沒有意義。」

他沒有堅持。每當她露出這種眼神、這種聲音，他就會立刻退守。背對背，他們努力讓自己的呼吸平穩下來。

「妳睡著了嗎？」過了一陣子，他輕輕地問。

她沒有回答，但是雙眼睜得大大的。

佛列德開始發出一些細細碎碎的鼾聲。

泰蕾莎兩手扣在脖子後面，凝望著她那個小房間的天花板。好幾個地方的漆都剝落了。她歎了口氣。她很喜歡這個房間。每個角落都是用愛和窮人的智慧悉心布置的。即使被佛列德像暴風一般掃過之後。每一處都是乾淨、整潔、有秩序。靠著牆的沙發床，簡易廚房：一張白色的木桌，上面放著小瓦斯爐，旁邊是一個扮家家酒般的洗手槽，還有一個小巧的水龍頭；斜屋頂的兩個轉折處之間嵌著的一扇窗戶，還有她的花……

書架，上面曾經放著二十幾本書，另外就只有兩大冊書孤伶伶的放在《牛津簡明辭典》旁邊，紀念著佛列德決定進行一份英法比較研究的日子。他的進度從來沒有超越標題：語言的紳士協議（Le Gentlement's Agreement Linguistique）。

沒有明確的理由，但泰蕾莎有種感覺，這是她最後一次看見這個房間了。

「他沒有時間開到巴黎、見他父親、再回來。佛列德騙了我。」

此外，他的父親根本沒有理由把那只供在床頭櫃上的金錶送給他。

她回想起一個細節，心中一驚。他宣稱他父親拿給他一張萬元鈔票和五張千元鈔票，但他手上拿著的那捆鈔票要厚得多。

她用手肘撐起身子，看著睡著的他。他似乎很不舒服，嘴唇微開，彷彿在請求寬恕；他緊閉的眼皮像被猛力拉起的窗簾，而外頭是現實世界。趁他翻身的時候，她伸手拿起佛列德披在床邊一張椅子上的西裝外套，檢查一下口袋。一個皮夾。佛列德沒有皮夾。是他父親的禮物嗎？也不是沒有可能。

她已經準備把皮夾放回去，卻改變了主意。

皮夾左半部是用來放置紙鈔的。另一側則有一排透明小袋，可以用來放證件和照片。她立刻認出照片中那對男女的身影。她甚至知道自己對此早有心理準備。那個露營的遊客和他的妻子。她毫不意外。令她意外的，反倒是發覺自從他們從馬爾利（Marly）逃離時，她就已心知肚明。

「佛列德！」她壓低聲音說，語氣中滿是責備。

睡夢中的男子閉著嘴巴發出一聲哀鳴，就像那些做夢的小狗一樣。她放下皮夾，把顫抖的雙手握在一起。接著她雙腳踩下床，把一隻手滑進佛列德長褲的後口袋裡，拿出那些鈔票。好幾十張一萬法郎紙鈔。她哭了起來，心裡卻感覺不到傷悲，她擦去淚水，卻對自己的行動毫無所感，她就像那些心靈純樸的人，抱著一種宿命論的想法：「這樣已經求之不得；結局原本就該如此。」

「妳又在瞎搞什麼？」佛列德沒有張開眼睛，含含糊糊地問。

「沒事，你睡吧，親愛的，睡吧……」

他轉過身去，鼾聲再度響起，而且十分規律。

泰蕾莎把金錶拿在手裡。做工精緻的瑞士鐘錶。錶殼上有一行非常細的刻字，她認出上面寫著：給彼得羅，你的潔梅恩。嗚咽聲在她喉頭翻滾。她衝到洗手槽想吐，卻什麼也吐不出。

她身上穿著連身襯裙，清晨時分，氣溫還很低。她卻全身是汗。雙手抱頭，她試著思考。由於手上還握著那只受詛咒的錶，很快的，耳中的滴答聲便讓她難以忍受。透過敞開的窗戶，她看著周圍的屋頂。她放鬆手臂，然後把那個潛在的犯罪物證扔到離她想保護的那個人最遠的地方去。手錶撞到欄杆，彈起來，直直掉到馬路上。

在早晨刺臉的寒風中，她探出身子往下看，看不到任何像手錶的東西。「算了，」她想：「別人也聯想不到。」

為了不吵醒佛列德，她放輕動作，冷靜地擦亮一根火柴，點燃瓦斯爐。小小的藍色火焰在清晨的晦暗中跳動著。泰蕾莎拿起一個盤子。盤子的邊緣撞到一個放在一旁晾乾的小碟子，發出清脆的聲響。她轉過頭去。但佛列德還在睡。

她還不知道自己剛剛做了個決定。

一次兩張或三張，她開始燒那些紙鈔，讓它們在盤子漸漸化為灰燼。銷毀這些能讓她過上好日子的錢，她連一絲絲後悔的感覺也沒有。接著輪到皮夾和裡面裝的所有東西。

手上拿著盤子，她走到有著傾斜屋頂、陰暗又荒涼的走廊上。她走進設在兩層樓之間的洗手間，關上那扇帶鎖的門，把灰燼倒進馬桶裡，拉動水箱的鏈子。激動的情緒讓她差點昏過去。天地都在旋轉，她把額頭抵在門上的霧面玻璃。她用一隻手輕輕撫摸著腹部，斷斷續續地說：「還不是時候，我的小寶貝……再一下就結束了……」

回到房裡，她把盤子沖一沖，仔細擦乾並收好。水冰得她手指都凍僵了。她就著瓦斯爐上的火把手指烘暖。隔著襯裙，再次輕撫著那還未出世的孩子，以無限的溫柔喃喃說道：「你的運氣真是不太好。不過，再怎麼樣，你永遠不會有一個爸爸……你有的是一個大哥哥，有點瘋瘋的……」

彷彿無意識一般，她伸手把火關了，卻沒有放開瓦斯爐的開關。環顧四周，她很清楚已經把開關轉到可以點火的位置，因為她聽得見微小的嘶嘶聲正從火嘴逸出。她回頭看，眼睛盯著那些黑色小孔，死亡正從那裡走出來，看不見、聞不到。也不在乎。某種事物正試著在她腦中、心中成形，而她分不清那是幸福還是悲傷。

她從凝視中脫離，走向佛列德躺著的那張床。推開被子，輕輕用嘴唇表面拂過愛人的胸膛。他沒動。依然光著腳，臉上頑皮的表情像個小朋友正在做一件被大人禁止做的事，她在櫥櫃裡三條摺好的被單後方摸出一本《惡之華》（Fleurs Du Mal）。要是佛列德看到她又在讀這些「鄉下姑娘的玩意兒」，他大概會氣到面紅耳赤。

把書拿在手裡，她在佛列德身邊躺下，一臉滿足的模樣。

她這樣躺了一會兒，才注意到窗子還開著。她聳了一下肩膀，跑去關窗。佛列德扭動了一下，用含糊的聲音抱怨道：「還沒弄完嗎？」

「好了，親愛的。全都完成了。」

她重新躺上床，姿態像個剛生完孩子的孕婦，正等著父母和朋友來探訪。只是她等待的訪客是死亡。她打開書。翻到第二二四頁。這一頁她再熟悉不過。她的唇邊漾起一抹笑意。兩首詩的標題面對面，在書頁上展開。〈戀愛者之死〉（La Mort Des Amants）。〈窮人之死〉（La Mort Des Pauvres）。上方是那一章的章名：〈死亡〉。

她本能地改以嘴呼吸，無聲地笑起來：「我好呆喔！」她讀著[1]——

我們將擁有充滿幽香的床，
像墓穴一般深沉的長沙發；
飾架上將有珍奇的花綻放，
為我們，在更美的天空下。

閃爍著些許激動，她的目光跳到了另一頁——

它是個天使，富有磁力的手指，

握有睡眠與狂歡的美夢的禮物，
且為貧窮裸身的人們準備臥床；

「貧窮裸身的人們……」她重複念了一次。

再次揭開被單，她欣賞著佛列德的身體，責怪自己竟然還穿著那件襯衣，猶如一種褻瀆，然後將衣服脫掉。一種微微暈眩、彷彿酒醉一般的感覺漸漸滲入她體內……

「我的天啊，那隻錶……」

但她念頭突然一轉。這一切在迎面而來的巨大黑洞中將不再重要……沒有陰影，陰影將會消失……就連斷頭台的陰影也是……

那隻錶呢？

一個早早起床正要上菜市場的主婦在人行道上撿起了它，轉身往回走，準備拿去交給警察。法國還是有老實人的。再說，手錶已經摔碎了。

那本書從泰蕾莎膝蓋上滑下去。她輕輕滑移到佛列德身邊，用手臂環抱著他。在她的腦中已經分不清情人與兒子的不同。一股溫柔的暖意從她深深疼愛的這具身體上散發出來。一種純潔而永恆，超越欲望的事物。他已半陷入昏迷，發出哼哼唉唉的聲音。她輕輕拍著他，撫摸他的頭髮。

「睡吧，我的愛。什麼都不要怕，媽媽都處理好了。沒有人會知道。什麼都不會知道……都不會……」

她用盡全身力氣大吼：「都不會！」沒有任何聲音從她雙唇間發出，但她對此已經一無所知。

早晨的寂靜中，嘶嘶作響的瓦斯聲填滿了整個房間。

譯註1——以下兩段詩句中譯引自波特萊爾著，杜國清譯，《惡之華》，國立台灣大學出版中心，二〇一六年，第二四〇、二四一頁。

18 第十八章

在喬治五世大道底，朱利安·庫爾托瓦闖越了紅燈，猛力踩下煞車。車子隨著避震器上搖下擺的，讓他覺得一陣頭暈。

聽到輪胎尖銳的摩擦聲，一名警員轉過身來。朱利安咬著嘴唇，咬到都快見血了：「注意，這是個考驗。不用怕。不可能有任何人知情。」

警員笑著向他這邊走過來。因為發抖的緣故，朱利安覺得自己的下巴痠痛了起來。

「哎喲，這位先生，您還沒睡醒嗎？」

他含糊其辭：「因為……因為太早出門了嘛，對不對？」

對方撇了一下嘴：「不止太早，還急得不得了。您連鬍子都沒刮呢……反正，交通法規還沒禁止這種行為……」

燈號轉綠了。披著小斗篷的男人寬宏大度地一揮手，向朱利安表示他可以繼續上路。這位汽車駕駛一時心慌，忘了正確的動作順序。變速箱大表抗議：「嘿！嘿！放輕鬆！」秩序的守護者呵呵笑道：「不必為了這點小事就殺了您的寶貝車！」

「我只是，」朱利安想要找個好理由：「要趕火車，所以……」

警員已經沒有在聽他說話，瀏覽著一旁報攤上剛出爐的日報標題。排檔桿奇蹟般的卡進了正確位置，車子往前一衝。引擎卻熄火了。

「他真的還沒睡醒，」警員告訴報攤小販，她正對著凍僵的指頭哈氣。

「今天比昨天更冷了，」她這麼回應：「我就想說大家怎麼受得了。」

她指指放在報紙堆最上面的那一份，上面印著一個小方塊：快訊：一對露營夫婦遭殘忍殺害。凶手在逃。

「您讀過這個了嗎？」

警察用牙齒前端發出「嘖嘖嘖」的聲音，點了點頭。小販評論道：「就是有人有些奇怪的想法……這種時候去露營！」

「欸……其實這幾天天氣不壞……而且是季節來晚了，不是露營的人去早了！」

「我說啊，欸……先等一下……殺人犯在逃……」

警員舉起戴著白手套的手，向她保證：「我們會逮到他的，您放心。咱們有眼睛看著呢，咱們……」

他無精打采的地踱回他位在阿爾瑪廣場（Place De l'Alma）一角的崗位，看見那輛紅色雷諾驅逐艦停在橋頭。從他的位置，他聽見啟動馬達因為操作失當發出高速運轉的聲音。他朝朱利安走過去。

朱利安從後照鏡裡看見他走過來。他全身發麻。他不斷對自己說：「考驗還沒結束。振作點。只要你通過這次測試，你就得救了。」

警員來到他身邊。

「不要這樣弄，哎啊，您再這樣搞下去化油器會油氣過濃！」

朱利安聽從他的指示。「他不可能知道的。不可能有任何人知道的！」

「打到二檔，」警員繼續說：「我來幫您推。」

「好的……好的，什麼時候要踩離合器您再跟我說……」

「來吧……」

正要邁步走開時，警員眉頭一皺，起了疑心。

「我說啊，您也太緊張了您：您都熄火兩次了。您有駕照嗎？」

「當然有了。」

「我看看。」

他的表情突然正經起來，甚至嚴肅。朱利安在一堆衣服中亂翻亂找，急著掏出他的證件。警員一一查看，眼睛彷彿要射出火光來。朱利安緊張的咬著指甲。

「好了，」他把駕照和行照還給他：「應該是化油器的問題。」

朱利安連呼吸都不敢呼吸。

「來吧！」警員再對他重複一次：「欸，嗯，打二檔，我叫您踩離合器的時候，您就踩……」

他把白色指揮棍夾在腋下，背靠著行李廂開始推。車輪緩緩轉動了起來。警察一邊推，一邊大口喘氣。快到橋中間時，他大叫：「現在！」

紅色雷諾驅逐艦抖動了一下，一串青煙從排氣管噴出來。警員站在原地，抽出他的手帕來擦手。

「確實是油化器的問題，啊？」他喊著。

那輛車卻全速駛離。警員輕蔑地撇了撇嘴：「什麼表示都沒有！至少可以說聲謝謝吧，這個人！」

莫禮托路，紀福赫在充滿浮誇雕飾的門廊下盡量找一個擋風遮雨的角落。他覺得好冷，開始詛咒自己的工作。當他聽到有一輛車駛近，立刻將香菸按熄彈掉。來的正是一輛紅色雷諾驅逐艦。他確認了一下車牌號碼，露出滿意的表情。

一個男人急匆匆地從汽車上下來，從他身旁走過，快速而訝異地打量他一眼，就像人們對郊區那些脫離社會常軌的流浪漢露出的目光。探長看著他走進房子裡，然後拿起喬治交給他的照片，靠著門廳的燈光確認了一下。他張開雙臂，輕輕吹了一聲口哨。一個男人逕直跑過來：「是他嗎，老大？他還敢回來，是不是瘋了！」

「小老弟，這件案子裡的人全都瘋了。完全搞不懂。但現在你知道什麼是直覺了吧？」

「怎麼說？局長要您在這裡監視的時候，您不是一直抱怨嗎？」

「沒錯。咱們這工作就是這樣……好了，你待在這裡，我進去了。」

年輕的助手搓搓雙手，然後伸進腋下取暖。

筋疲力竭的朱利安站在自家門前，彷彿在沉思一般。

「不好意思，先生……」

這陌生人低調出示他的證件。朱利安壓抑不住肢體動作中流露的恐懼。紀福赫露出同情的笑容。

「您就是朱利安．庫爾托瓦先生對嗎？」

「是、是，怎麼了嗎？」

他也鼓起勇氣，露出笑容，雖然肌肉的抽搐在嘴角劃出一道皺紋。

「不是什麼大事。您太太週六傍晚報案說您失蹤了，所以……不是囉？」

朱利安一臉驚恐：「我太太？」

他把她的事給忘了。

「可憐的她，真的是……她一定很擔心。我不在家，然後……」他突然住嘴。多說多錯，沉默是金。無論如何，不可能有任何人知道：「我待會跟她好好說說，讓她安心。」

他把門打開，踏進公寓，然後轉身說：「謝謝您了，警……」

對方早已沉著地將一隻腳踩在門檻，讓他無法把門關上：「您太太不在這裡。」

「什麼意思？您腦袋不正常了嗎？」

「可惜腦袋不正常的不是我。她在她哥哥家。」

「在喬治家？真是莫名其妙！」

他急躁地甩甩腦袋；這顆頭已經承載不了他所有的思緒。它們橫衝直撞，彼此交錯，衝撞他的腦殼，彷彿身在監獄之中。

「沒錯！」探長說：「她似乎是想離婚。」

「怎麼可能！」

他衝進屋子裡大叫：「珍妮薇芙！」

「別費事了，先生。她不在這裡。我再跟您說一次，她躲去她哥哥家了。」

朱利安只得坐下來。重要的是別提到薄格利。這到底是怎麼一回事？還有這個大白痴一直在……他在說什麼？」

「……至於儒利爾先生這邊，則是打算控告您詐欺……」

「我什麼？」

他怒髮衝冠地跳起來，一把扯開臥室房門，在他的小書桌前瘋狂翻找。在他身後，一個冷靜的聲音跟著他，帶著些許遺憾，像是不忍逼他走到無可挽回的那一步，也就是自白：「如果您要找的是您的祕密帳簿，我的一位同仁現在應該正拿著它，要去交給檢察官。」

朱利安不想現在轉身。他得先將表情重新調整成平靜的模樣。這一切，退一萬步來說，都沒有那麼重要。真正要緊的是薄格利。而關於薄格利的事，完全沒人知道。除了他自己。還有死神。該死的！一切都那麼順利，要不是那台電梯！

「您的太太，」紀福赫繼續說：「已經對她哥哥吐實了。」

朱利安一動也不動。這些都還不是世界末日。紀福赫緊咬著他：「這就是人生，您認命吧。抓著地毯角一拽，什麼髒東西都拽出來了：您太太放棄了您、您的妻舅控告您詐欺……然後還有我們，我們要再……占用您一點時間，談談馬爾利的事情……」

「馬爾利？」

探長清清喉嚨：「總之，您玩完了，庫爾托瓦先生。」

他驚訝地發現，當朱利安轉過頭來時，臉上的表情倒像鬆了一口氣。

「算啦！荷包失血死不了人。」

「他臉皮還真厚，」警察心想。

「方便嗎？我得打個電話。」

沒等他回答，紀福赫便拿起聽筒，撥了一組號碼。朱利安在腦中理出先後順序。要說服珍妮薇芙。家家酒遊戲。很無聊，但沒關係。就那樣。喬治不會提告的。帳冊造假？付點罰款給國稅局就解決了。反正結帳的人，算來算去，還是喬治。紀福赫一邊觀察他，發現他面露微笑。

「喂？是你嗎，馬塞爾（Marcel）？我紀福赫。你可以叫馬華（Marois）停止監視優馬─標準大皇宮了。沒錯，我剛才在他家堵到他了。那是當然，紀福赫老爹的鼻子哪次不靈。幫我跟頭兒講我會把他帶過去。然後叫大隊來莫禮托路把車帶走……他是自己開車來的，咱們的老杯杯……待會見啦……」

他掛上電話。

「上路吧，庫爾托瓦先生。」

朱利安擺起架子來：「您要逮捕我？您有逮捕令？」

紀福赫雙手一攤，以示歉意：「沒時間。一切都太趕了。早上五點鐘，您可以自己想想，案子是那時候被人發現的。五點四十五分，我就被人家踢下床，我就直接過來了，連公司都還沒進去。」

「您說了這麼一堆，都說得很好，不過我還是可以不跟您走。」

「當然……我連抓著您的身體都不行！」

「既然這樣，您就別怪我了……」

他已迅速抵達門口，衝下樓梯。在他身後的紀福赫不慌不忙地下樓。在門廊下，朱利安撞上一個人，對方客氣地問他：「您沒在樓上遇到我同事嗎？」

「我現在沒時間……」

「您時間多得很，好嗎？庫爾托瓦先生……」背後冒出紀福赫的聲音，他走近他們：「請往前走，麻煩了。」

他走出去。紀福赫大力一拉，門「哐！」的一聲關上。

接下來的許多日子，這充滿象徵意義的聲響將縈繞在他耳畔。那扇門關上的畫面也是……

坐上計程車，紀福赫將早報遞給他，指指上頭一則短短的快訊：兩露營者在馬爾利林中遭殘忍傷害……馬爾利……馬爾利？……殺手在逃。

「為什麼要拿這個給我看？」

這位警察沒有回答，把車門一拉，「哐！」的一聲，嚇得朱利安跳了起來。

又一扇鐵柵門「哐！」一聲在他面前關上。難道被提告民事案件也要入獄？

不知是誰大叫：

「關門！風吹進來啦！」

「好啦、好啦，不要激動！」

不知何處，另一扇門「哐！」的關上。

他集中全副精神，努力保持冷靜。「我，只要不說話，他們就什麼都不會知道。」只求那些門不要再一個一個重重關上了。

中午，第一版晚報隨著湯一起從鐵欄中間送了進來。他難以忽視占據半個頭版的斗大標題——

兩露營者於馬爾利林中遭殺害。

「到底為什麼一直拿這個社會事件來煩我啊？」

警方已逮捕凶手。

「這麼快！最好每次都這麼好運。」

他把報紙攤開，喉頭擠出一聲尖叫。在頭條標題下方，他看到自己的照片，是一張珍妮薇芙非常討厭，被喬治拿走的照片。他雙手抓住鐵欄，大力搖晃：「我是無辜的！放我出去！」

警衛跑過來：「不要大吵大鬧。等一下有時間讓你解釋。你跟我叫也沒用……」

他跌回他的板床上。守衛走出去，重重把走道上的門關起來。朱利安全身顫抖起來，忍不住痛哭失聲。

一個小時又一個小時過去，他不斷教育自己：要冷靜。一個字都別說。堅持到底就會沒事。這個愚蠢的烏龍會成為所有人的焦點，與此同時，薄格利的案子會靜靜躺在那裡，像躺在郵筒裡的一封信。根本是不可能的事，因為你沒離開過那個該死的電梯。但電梯之事千萬不可提及。優馬—標準、電梯、薄格利：絕對禁忌。

在他面前彷彿響起一聲清脆的哐噹聲。他狂吼：「不要再關門那麼大聲了，該死的傢伙！」

在他面前的囚室中，巨大的夜神持續跳著舞，粉紅色的手掌啪啦啪啦的打著節拍。

朱利安捂住耳朵。

警察局長——莫非他是預審法官？——相當年輕，看起來冷酷又一絲不苟。他穿著假硬領和上漿的袖套。或許他是想不露聲色的把他的法庭打造成階級分明、更加優越的舊法蘭西。朱利安找回了某種平靜的心情。

「先生，這件事裡有一個可怕的錯誤。一個嚴重的誤會，也可以這麼說。他們把報紙拿給我，我非常震驚地看到，我被逮捕的原因是為了一樁卑鄙、可恥的犯罪，而我根本不可能……您在聽嗎？……我根本不可能去做！」

他閉上嘴。他眼前的人想必是耳聾了，才會沒有任何反應。他做了一個難以察覺的手勢，一個男人從房間後方的桌子後站起來，走過來，攤開朱利安的雨衣：「這件衣服是您的？」

「是。怎麼了？」

「剛剛結束的那個週末，您穿的就是這件衣服對嗎？」

他差點要說：不是！我穿的是大衣。他充滿自信地大聲回答：「確實。我把我的大衣放在辦公室了，我請祕書送洗，那是因為……」

「全世界我最不關心的就是您的大衣。我要問您的是您週六傍晚、週日白天和週日到週一之間的晚上是否穿著這件雨衣？」

「是，」他帶著怒氣說。

那公務員露出滿意的神情，朱利安豎起耳朵。小心陷阱。他們很狡猾的。

那男人將雨衣拿回去，又帶著一把左輪手槍走過來。

「您是否認得這把武器？」

朱利安小心應對，一邊看著那樣物品一邊回想：我是用薄格利自己的手槍殺了他的，那是義大利的手槍。貝瑞塔，或是類似的牌子。我的那把則出自聖艾蒂安武器製造廠（Manufacture De Saint-Étienne）……長得很像這把，可是我讀過一些書，裡面介紹了警方如何讓你指鹿為馬……

「呃，您認得這把武器嗎？」
「我可以拿拿看嗎？」
「請便。」
他把槍拿起來，摸了摸，仔細觀察。沒有任何可疑之處：「這是我的左輪手槍沒錯。」
「您最後看到它是什麼時候？」
「週六傍晚，」他想也不想就回答：「我把它放在我口袋……我想不起來我是一直把它帶在身上……還是放進車子前座的置物箱了……」
接下來的問題他沒有回答……他的口袋……指的是大衣口袋……大衣和雨衣之間有些錯亂了，他最好在回答之前先釐清。
可是對方沒有再追問下去。他們已經滿意了。
庭院裡，紅色雷諾驅逐艦停得方方正正。審訊再度開始，內容一成不變：
「這輛車是您的嗎？」

又一次，朱利安覺得這是個圈套，便仔仔細細確認車牌、玻璃有條裂縫的左車頭燈，以及在菸灰缸附近，儀表板的保護漆被香菸燙到剝落的痕跡，還有後座座椅被扯壞的縫線。

「對，」他終於承認：「這是我的車子沒錯。」

他們回到辦公室。朱利安覺得自己剛剛輸了一場戰役。他不曉得那是什麼戰役。但他沒有被打敗。他自己很清楚，他沒有謀殺那對可憐的露營男女！他根本沒有踏進馬爾利一步！他甚至不知道去馬爾利要從巴黎哪一個門出去……

「朱利安．庫爾托瓦，我正式起訴您犯下夜間襲擊、持武器攻擊、搶奪、預謀殺人，對象是巴西公民彼得羅．卡拉錫，以及他的妻子潔梅恩，舊姓塔希維爾（Tarivel），時間是一九五六年四月二十七日至二十八日夜間，地點在塞納瓦茲省（Seine-Et-Oise）的馬爾利國王城（Marly-Le-Roi）……」

他全部聽完之後才嚴正地說：「對以上指控，我要鄭重表示抗議。我沒有殺害這些可憐人。我不可能殺了他們。」

他停下腳步，眼前對他來說是一道深淵：揭露他無懈可擊卻又潛藏危險的不在場證明：電梯。

這天晚上，也是他在真正的監獄度過的第一晚，他在心中擬定一份暫時的損益評估表。現在他知道自己要對抗的敵人是誰，而這個敵人不值一哂。律師看起來是個優秀的年輕人。就讓他去說，我閉嘴。我要要求見珍妮薇芙。這個女人，因為她的嫉妒，害我陷入怎樣的泥淖！這不是她的錯，當然不是，但也不是我的錯！要小心珍妮薇芙！要小心那個律師！絕對不要提到薄格利、提到電梯。馬爾利這件事來得正是時候，因為我可以單獨了結它……

可是他一直無法入睡，在那張板床上輾轉反側，無法擺脫想笑的衝動：「我殺的是薄格利啦，一群大白痴！我是電梯男！」

接著他在心裡臭罵自己：一個字都別說，一切就會水到渠成了。

19 第十九章

訊問、交叉詰問、專家鑑定、對質……

這些日子以來，朱利安始終抬頭挺胸，因為他沒有犯下起訴的罪名，他充滿信心又惴惴不安，但依舊鬥志十足，雙腳踩穩地面，能不退讓一寸就絕不退讓。

「從週六到週日之間的夜裡，您人在哪裡呢？」

「我拒絕回答。」

「那麼週日到週一之間的晚上呢？」

「我拒絕回答。」

法官對律師說：「大律師，您最好建議您的當事人選擇另一種辯護策略！」

律師──這年輕人真的不錯！──轉向他：「請從緘默中走出來吧，庫爾托瓦，我懇求您！」

「他想讓我們以為他在保護某位女性的尊嚴！」法官表示，帶著輕蔑的表情：「庫爾托瓦，以您現在的處境，如果有某位女性參與其中，就說出來吧！這樣比較好。尊嚴已經不再重要了！您現在是拿自己的頭去換她的名譽。」

律師試圖轉移焦點：「您就再給那位他所保護的女性一點時間，等她出來自首吧，法官大人。再怎麼說，庫爾托瓦也是做一位紳士該做的事，而且……」

「這位女性根本不存在，大律師，您和我一樣清楚。說到保護某個人……」

「我沒有保護任何人，」朱利安冷靜地說：「而且我相信司法。你們不能證明我犯下這樁罪行，原因很簡單，就是我沒有做。」

他被帶進來。他被帶回去。監獄。預審法官的辦公室。最令人訝異的是有證人認得出他來。這對上了年紀的夫婦……是從哪裡來的？

「庫爾托瓦，」法官說：「這邊有兩位證人說他們在馬爾利見過你，週六晚上、週日整天，還有週日到週一之間的晚上。」

朱利安被陽光直射著臉，便移動了一下，好把那位丈夫與妻子看得更清楚。他們噘起嘴，用眼角餘光互相探詢著。男的有些遲疑……

「身高差不多，這點是肯定的……可是因為他一直躲躲藏藏……」

「不好意思，」女的插話：「做我們這一行的，都要學點心理學。在我看來，我會說就是他。」

律師馬上抓住芝麻般微不足道的小節，把它渲染成砂鍋大的問題。

「稍等一下。這裡有一點矛盾。您剛才表示，首先，您遇上了電力問題，其次，這個人千方百計遮掩他的五官特徵。您是否願意解釋，在這些情況下，您為何還能如此確定，反觀您的丈夫……」

瑪蒂德露出笑容，表情充滿優越感：「女人跟男人不一樣的地方，大律師，就在於直覺。」

「容我提醒您一下，夫人，法院要的是事實！」

「您覺得事實還不夠嗎？」法官質問：「那輛車？『神祕』旅客提供的姓

氏：庫爾托瓦。犯案用的武器。最後，別忘了那件雨衣。」

為什麼所有人都那麼在乎那件雨衣？

律師喜孜孜地搖著頭：「無妨，證詞彼此抵銷。妻子說是，丈夫說不是！」

聽到這裡，夏勒氣得漲紅了臉。

「啊！稍等一下！我可沒說不。我也沒說是。」

「層次之別，」瑪蒂德精確的補充。

這兩個人讓朱利安感到惱火。做太太的用手肘推推丈夫，繼續說道：「我要跟你說，夏勒，你會覺得奇怪，那是因為他穿得不一樣。一開始，他穿的是一件高領毛線衣，後來我們每次看到他都是穿著雨衣，不是嗎？」

「一件高領毛線衣！」律師激動大喊：「您明白了嗎？我敢說我的當事人根本沒有這件衣服。」

朱利安聳起肩膀。他當初應該堅持要一個更有經驗、更懂得耍小手段的辯護人才對。

「其實我有一件。我去鄉下的時候都會穿那件。」

「而您確實想要去鄉下，您是這麼對大樓門房說的。」

「我又沒有否認！只是假如我直接從辦公室出發的話，我就不可能穿著那件毛線衣，因為那件衣服在家裡，而我那天穿的是一件灰襯衫。就是我被逮捕的時候身上穿的那件。」

「庫爾托瓦，您這些來來去去的細節我們晚點再確認。如果您不反對，讓我們先回到您對門房說的話。您是這麼對他說的，容我念一下……」他查閱卷宗：「有了……我要跟最迷人的女人一起度過週末。」

朱利安皺起眉頭。

「對，我覺得……」

法官轉向律師：「大律師，您的當事人在自掘墳墓，我還需要審嗎？」

「怎麼會？庫爾托瓦已經說過，這位最迷人的女子就是他的妻子啊！」

「那他怎麼沒帶她去呢？」

朱利安差點捧腹大笑。這些傢伙，一杯水就讓他們全溺死了。他沒有帶她去是因為他被卡在……他趕緊要自己清醒起來。他把嘴閉緊，他差一點就把電梯的事抖出來了。此時在他身旁，為了最「迷人的女子」和高領毛線衣的問題正打得不可開交。現在法官露出了勝利的表情：「您怎麼說，我就怎麼信，大律師。庫爾托瓦夫人無法確認那件毛線衣在他們的公寓裡。相反的，而且您的當事人也自己承認，在他辦公桌旁邊的壁龕裡有一個櫥櫃，放著一些衣物……」

辯護人詞窮了。他放棄了，至少暫時放棄，他無力地比了一個手勢：真是固執得可以。他轉向旅店主人：「我們同意，以目前來說，關於指認庫爾托瓦的問題，您保持中立。」

夏勒還來不及回應。瑪蒂德便刻意越過律師的頭頂，對著法官說：「我敢說我先生可以回答得更加肯定，如果我們可以看看那位先生穿著雨衣的樣子。」

「好點子！庫爾托瓦，請套上雨衣。」

他照做了，只哼哼唉唉了幾聲表達不滿。咦，他之前沒注意到左肩裂了這麼一道。一定是在哪裡勾到了。

「現在請您看著他。是他嗎？」

旅店主人擠眉弄眼，瞇起眼睛，先把頭歪向一邊仔細盯著他，再歪向另一邊。朱利安被看得煩了，不客氣地嗆他：「怎麼樣，就是我對吧？啊？」

瑪蒂德一聽就來氣，馬上反嗆他：「一點都沒錯！就是他。」

夏勒卻咬著嘴唇。他太太逼著他：「拜託，做個決定好嗎！你明明看得很清楚……你好好想想……」

旅店主人舉起雙手：「哎喲！妳要我怎麼決定？像他那樣一直溜到陰暗的角落……還把頭轉過去……」他責怪起瑪蒂德：「妳不也知道嗎！他躲躲藏藏的，不要我們看見他！妳自己也說了，他一定是狡猾的傢伙……這樣他才會……」

「你真是錯得離譜耶，」瑪蒂德打斷他的話：「才不是因為這樣他才會一直把他的臉藏起來。」

「欸！拜託兩位！」律師叫道：「不要擅自下結論！」

「這位太太說得有理，」法官直接下了判斷：「因為庫爾托瓦在準備進行這次犯罪，不希望事後被人認出……」

他們激烈爭辯。瑪蒂德也加入這場討論，一副自命不凡的模樣。她臉上不時露出淺淺的笑容，心中想的是：在這些聰明人裡頭，法官大人，我們倆心意相通……朱利安則覺得法官的最後一句話有些什麼不對勁的地方……有了！他找到了！

「可以讓我說一句話嗎？如果我沒有弄錯，調查結果顯示那些露營的人是週日早上到的。這樣看來，我怎麼可能在週六晚上就『準備進行這次犯罪』呢？」

他覺得自己說得很好，不明白為什麼律師一副喪家犬的表情，為什麼法官臉上掛著大大的笑容，嘴巴都快裂開了，為什麼他正朝他走過來，眼中閃爍著正中下懷又不懷好意的光芒：「所以您承認您到過馬爾利囉？」

「完全不是！我不是這個意思。」

「那是假設句，法官大人，」律師大聲疾呼：「不是肯定句。」

「您的當事人說溜嘴了，大律師。」

「不是！不是！不是！」

朱利安喊得嗓子都啞了。他幾乎用盡洪荒之力。他的律師一直處於劣勢。他因此變得加倍專注，因為他的安否全繫於他身上。

「法官大人……您還是沒有回答我的問題。」

「我們就說您準備進行『一次』犯罪吧。這樣比較簡單。」

某種程度上，朱利安分裂成兩個自己。一部分的他忙著防堵那條走向吐實之路，那將導致這整堆指控的崩解。另一部分的他因為手中握有真相，樂得欣賞這些人大費周章繞著一個錯誤爭得你死我活。該死的，有夠荒謬。他們會發現錯在哪裡的。

他無意識的玩著雨衣的鈕扣，忽然驚訝地叫出聲：「少了一顆扣子！」

律師又跳了起來。

「不必操心，」法官裝出一副貼心的樣子說：「已經被我們找到了。」

「嗄？在車子裡嗎？」

「不是，在其中一位受害者的手中。」

朱利安臉色變得蒼白。法官再進一步，對著夏勒說：「浪費夠多口水了。您不能確認犯人的模樣，但您可以清晰無誤地認出他身上穿的衣物嗎？」

「衣服，可以。就連最後一次，我也注意到肩膀上有那個破洞。」

「您是何時注意到的？」

「最後一次。週日晚上的時候。」

「他的意思，更明確的說是週一清晨，」瑪蒂德補充。

「謝謝您，太太。你們兩位是不是對另外一點都有共識：在那之前不存在那個破洞？」

「對，」夏勒說：「第一次見到的時候，我甚至覺得那件雨衣很合我的意。」

「他的那件已經不太……」瑪蒂德幫他添枝加葉。

「我沒有別的問題了。謝謝兩位。」

被這樣一句話打發，瑪蒂德面露慍色。她和丈夫一起走出去。門「哐！」的一聲關上。朱利安跳起來，又重新坐好。此時法官正以唱歌般的嗓音對律師說：「好了，大律師，我們剛才已經確立了預謀殺人的重大嫌疑。」

辯護人訴諸人證的不可靠做為反駁，法官則再次提起那件雨衣。

朱利安被帶走，那時他在心裡做了一個筆記：這件雨衣就是涅索斯（Nessus）[1]的毒血衣。他又被帶進來。他決定退讓一步：「我有一個地方說謊了。我週末沒有穿這件雨衣。」

過了這段時間，大衣應該已經洗好了。

法官笑了一下，要人帶德妮絲進來。這無可救藥的女子馬上開始展現她的腿部魅力：「我本來以為他穿著大衣離開的。結果不是。週一早上，我發現他留了一張紙條……」

綜合她的陳述，週一早晨，那件大衣是在辦公室裡，而不是披在朱利安的肩膀上。照德妮絲的說法，一切再清楚不過：他是穿著雨衣離開的。「司法」感謝德妮絲的協助。

朱利安直直盯著她，想找機會報復她，他盯著她扁平的臀部、纖細的腳踝，然後回到折磨他的人身上：「您的推導會是對的，如果週一早上我沒有在德妮絲來之前回到辦公室的話。」

「好了、好了……」

法官不讓他繼續說。朱利安被帶走了。在牢房裡，朱利安想著他要再多放一點線。大衣、回到辦公室的事……把這些事實一項一項說出來，不是很危險嗎？

他又被帶進來了。這一次，在他面前的是艾伯特。

「艾伯特．施理爾（Albert Chirieux），您在週六傍晚六點三十分看見庫爾托瓦離開大廈。他身上穿的是大衣還是雨衣？」

門房一手扶住下巴，閉上眼睛，噘起嘴唇：「我必須跟您說，法官大人，我不記得！」

「請您加把勁吧……」

「我試試，只是，庫爾托瓦先生一向都是穿灰色，不是嗎？這樣很難分辨……加上那個時間的天色不是很亮了……」

「不管什麼貓，到了晚上都是灰貓！」律師開玩笑。

朱利安向他眨了一下眼睛表示感謝，法官卻不太高興。

「施理爾，請您仔細回想……」

「如果問我的印象，法官大人，我想應該是雨衣吧！」

法官一掌拍在桌子上，嚇得朱利安跳起來。律師立刻採取行動：「這只是一個被報紙影響的證人的印象而已！犯罪指控應該奠基於明確的事實！」

法官火冒三丈：「明確的事實？或許您覺得還不夠多？那犯罪槍械呢？汽車呢？那顆雨衣鈕扣呢？」

辯護人想說話，法官卻不讓他有開口的機會，這似乎讓他鬆了一口氣：

「再說庫爾托瓦為什麼不馬上表示他一直穿著他的大衣？一定要別人都認出他穿雨衣的樣子，要這件雨衣都變成您所宣稱的明確事實之一，他才想得起來他穿的是大衣？」

他突然恢復冷靜，一邊坐下一邊放出最後一箭：「好極了，大律師。他離開的時候穿著大衣，沒問題。然後呢？他自己的自白裡說雨衣是放在車子裡。所以他還是可以把它套上去……」

致命的一擊。法官一直故作低姿態、不追不打，卻暗中慢慢壯大，直到他面前所有人只能低頭認輸。

「不過，我們還是得把這件事了結。施理爾，週一早上庫爾托瓦先生在大廈裡嗎？」

「就像我之前說的，法官大人，當時我很確定……」

房間裡一陣騷動；一半的人是因為希望，一半是因為失望。

「可是我搞清楚了，是我弄錯了，」門房繼續說，房間裡情緒立刻大洗牌：「貝爾納（Bernard）太太當時在我旁邊。」

「的確，我們有她的筆錄。謝謝。庫爾托瓦，您現在還有什麼要主張的？」

「他沒弄錯，」朱利安態度堅定的說：「當時我在辦公室裡。他試著把門打開，但是我一根指頭都沒動。」

「為什麼？」

「為什麼？不就因為我……」

他閉上嘴巴。陷阱！他差點掉進這邪惡的陷阱。他依然希望那個馬爾利的離奇事件可以自動解開。千萬不能講到薄格利。但馬爾利也是一道沒有鎖住的活門，他踩的每一步底下都有一個。他喘著氣，找尋著出口。四面八方，無論哪個方向，都有門朝著他「哐！」的關上。只要有一扇門開了一條縫，就會有某個人或某樣東西將那扇門在他面前甩上。

那些關門的聲音越來越大，聲響迴盪在他體內、腦內深處。但是他依然抬頭挺胸。他越來越無法思考。他消瘦下來，五官凹陷。他老了，他的胃盛不住食物了。他兩度在法官面前噁心想吐。法官指責他裝神弄鬼。辯護人也不再為他抗議。

他被帶進來，他被帶出去。他變成行屍走肉。但他依然抬頭挺胸。只是孤獨一人。因為他只有自己。珍妮薇芙背棄了他。喬治冷漠以對。他的律師已經絕望。

他孤獨一人，還能跟他爭辯的也只有他自己。他和他曾想要打造的命運爭辯著。他的生命繫於這些動過手腳的骰子，他們就在他眼前耍弄著，還把門摔得砰砰作響。

他們要他看一些照片。一個男人和一個女人。

「您認得他們嗎？」

他淒厲叫喊著：「不認得！不認得！不認得！」

他被帶進來，他被帶出去。

他的律師要求進行精神鑑定。氣力耗盡的他順從的接受檢查，有問必答。

有著無數扇門的地獄玄關在他周圍越收越窄。他是一隻掉進牛奶杯裡的蒼蠅，手腳和翅膀都被黏住。一隻困在司法這張蜘蛛網上的蒼蠅。

但是他依然抬頭挺胸。

十天了。五月八日，那些門不再重重關上了。

或許因為春天制服了北風，或許因為他的無辜終於戰勝。一切都難以確定。可是法官對他手上的事實變得更沒把握，律師則技巧日漸嫺熟。現在大家對他都十分客氣。這位司法官甚至主動將他的座席移近一些。朱利安累得只剩一口氣，心情卻很好。

「庫爾托瓦先生……」他稱呼他「先生」，是個好兆頭！「庫爾托瓦先生，本席獲知一些新事實，那麼……」

他不知所措。律師伸出援手：「是關於是否暫時恢復您的自由……」

他閉上眼睛，這樣別人才無法在他眼神中讀出釋放而激起的痛苦。

「顯然這些事實需要進一步調查，我們勢必需要再將您留置幾天……」

他咳了幾聲。朱利安沒有再聽下去。不管他們發現了什麼都無所謂，只要能放他離開就好。

「……今天我只希望您能夠出席進行對質，然後我就會讓您回去休息。」

來的是喬治。他的眼睛腫得像是哭了一整夜。朱利安站起來，張開雙臂走向他。喬治卻是雙眼冒火，打算衝向他妹婿，又奮力壓抑，轉過身去怒吼一聲：「可悲至極！」

朱利安咬了咬嘴唇，然後又露出笑容。

「我會把你的錢還你的。等他們讓我從這裡出去，我就去工作賺錢償還你……」

法官和律師交換了一個眼神。朱利安被帶進來之前，聽見律師正大聲說著：「我一直都是這麼說的，法官大人。我個人，您也知道，一直有一件事想不通：那件毛線衣！再說了，以體形骨架來看，我的當事人根本不是那種……」

「顯然如此、顯然如此……」法官仔細思索著。

那一天，朱利安胃口大開。他的力氣又回來了。律師和他會面談話時，他顯得十分雀躍：「這樣說來，既然您已經明白，那麼你們每個人也都明白不是我做的了？但是說來說去，那個人究竟是誰呢？」

「他們在找……還不曉得是誰……」

朱利安感到驚訝，但不希望表現得太明顯。他還是對一切保持戒心。他覺得沒有任何證據能證明律師真的是他的朋友。

「聽我說，律師先生……我希望您能替我安排跟我太太會面。」

對方皺起眉頭。

「在這種時候？」

「不行嗎？」

「我的天……這個問題需要一點手腕，對吧？」

「手腕！不知道要去哪裡找喔？」但是他沒有堅持。

「您也知道，」律師再次開口：「這得小心處理……」

是……朱利安同意。一定得非常小心處理……只不過在內心深處，這些有的沒的他根本不在乎。他只想著明天，或後天，等他離開這裡以後……等到他可以呼吸……

「您得跟我談談您和您大舅子之間的糾紛，」律師說，他似乎很高興能擺脫一個棘手的話題，卻接著露出一種表情，像是發現自己掉進前有豺狼後有虎豹的境地：「總之，晚點再說好了……等您身體好一點。」

「喔！喬治會拿回他的錢的。直到最後一分一毫我都會付清的。」

「我怕只有承諾是不會令他滿意的。」

「只要珍妮薇芙動動小指頭就能把他搞定的。」

完全不了解狀況嘛，這個辯護人。

「但不管怎麼說，庫爾托瓦，您好像沒考慮到她也說過話。她來見過法官。」

「啊……這樣啊……」朱利安說，露出警戒的神情。

幸好律師沒有再說下去。他站起來，表情放鬆下來。

「我們再談。等我的好消息。」

「謝謝……」

躺在小床上，他試著理解這個狀況。「她」說過話。誰？珍妮薇芙？德妮絲？

或許是旅店老闆娘，她推翻了她的陳述？

啊！隨便啦！管他的，只要能出去就好。

他睡得又香又甜。

他又被帶進預審法官的辦公室，發現喬治跟嘉娜已在裡面。瞧瞧！連她也來了。她全身緊繃，但是十分冷靜。喬治看起來被打垮了。

「朱利安，」嘉娜又急又快地大聲說：「我全都說了。我已經承認犯罪那晚我們倆一起過夜！」

他跌坐在一張椅子上，眼前像被矇住一樣什麼也看不見。嘉娜？她瘋了。除了嘉娜，所有人都不知所措。喬治木然地說：「我曾經有一個家，朱利安。你破壞了它。你摧毀了它。我永遠不會原諒你。」

「抱歉，儒利爾先生，您說的這些與司法無關。庫爾托瓦，儒利爾太太主動提供我們這項您所不願意提供的不在場證明。真是正人君子，我必須承認這一點。您是否承認見過儒利爾太太，也就是您的情婦，先是在週六晚上，然後是週日晚上？」

這些話進入朱利安腦中之後便失去了意義。他就像一個意識不清的溺水之人，飄浮在無邊的大海上，突然抓到一塊上天恩賜的浮木。

他深深吸了一口氣。他模模糊糊感覺到，說一聲「是」可以救他的命。於是他就把那個字說了出來：「是。」

喬治哭出來，雙手捂住臉。嘉娜吸了一口氣。

她為什麼這麼做？

為什麼要毀了喬治的幸福？「我是個混蛋，」他想：「活生生的混蛋！」

「庫爾托瓦，」法官再度開口：「您能不能告訴我們，這兩個晚上，您是在哪裡和您的情婦見面的？」

「什麼？」

「這兩個晚上，您是在什麼地方和儒利爾太太見面的？」

他看著嘉娜，她張口欲言，怕他不知何時會說錯話。他會說出什麼來？死一般的沉默籠罩在這齣劇的四個角色身上。

「我拒絕回答這個問題。」

嘉娜吸了一口氣。法官歎了一口氣：「拜託，庫爾托瓦。某種程度上，您試著保全大舅子一家平靜的生活……我當然了解您可能為了什麼原因而保持沉默。但是，我們都調查到這個地步了……」

喬治站起來打斷法官的話，情緒激動到朱利安縮到椅子的一邊去：「不可能！不可能！嘉娜！妳不是會做出這種事的人！」

「朱利安他也不是會做出這種事的人！」她回嘴。

「可是我們都在妳身邊，妳怎麼可能、什麼時候去找他的？」

他所認識的嘉娜如此一絲不苟、奉公守法，現在卻為了救那個人而繼續說謊，一副無動於衷的冷酷，彷彿她一輩子潔身自愛，只是盼著有一天能夠自陷泥淖：「週六晚上，你和珍妮薇芙，你們兩個不在家，你們衝出去找朱利安了。」

「抱歉夫人，」法官說：「犯罪時間是在週日到週一之間的晚上……」

「他們又出門了，法官，他們去朱利安祕書的家，我小姑相信她和朱利安有婚外情。」

朱利安被帶走。剛才沒有開口說話的律師陪他走到通道盡頭。他口中喃喃自語，一臉反感：「這實在太難看了，可是……」

此時，預審法官辦公室的門打開了，裡頭傳出喬治的聲音，他又一次氣急攻心：「不會放過妳的，妳聽著，賤女人……我不會放過妳的，告訴妳……」

不知是誰又把門關上。那聲響令朱利安倍感痛苦；律師把他那句安慰的話說完：「……這樣您就能脫身了。」

躺在那張板床上，他集中全副心神，仍無法看透事情的來龍去脈。除非他接受他太太的嫂嫂一直默默愛著他。嘉娜！他還真的從來沒有想過……而且當他需渴望有人為落難的他解圍，來的人竟是她。不是珍妮薇芙。不是他的任何一個情人。只有她一個人前來，對他伸出援手……

她的長相並不差。他重新編織了一個在她身邊的自由之夢。夢裡她離開了喬治……

帶著一種愉快而放鬆的心情，他很快就停下打造未來人生的工作，心中最後想著的是律師所說的話：「……這樣您就能脫身了。」

譯註1——希臘神話中的半人馬，為了報復海克力士以毒箭射中他，臨死前告訴海克力士的妻子可取一些他的血，將來若丈夫變心，讓他穿上塗了血的衣服便能使他回心轉意。但最後這毒血衣讓海克力士一命嗚呼。「涅索斯的毒血衣」（Tunique De Nessus）一詞可隱喻致命的禮物或逃脫不了的噩運。

20 第二十章

之後，在一瞬間，一切都垮了。喬治窮追不捨，不斷逼問女傭，直到她承認夫人並沒有離開家裡。

向他宣布這項壞消息的是辯護人。他親口告訴他。語氣還帶著一種輕蔑：「那可憐的女人最後承認她說了謊，因為想要救你脫離困境。她也承認不是您的情婦。不過她丈夫不相信，這也是意料中事……總之，他們再也沒辦法和好如初了。這都拜您之賜。」

多麼不幸！該怎麼做，人類的努力才不會總是事與願違？

朱利安又跌回他的噩夢裡。他被帶進來，他被帶回去，那些門又開始「哐！」

的關上。如今只需要一丁點聲響就能折磨他的神經。預審法官生他的氣，因為曾經懷疑過他是否無罪。律師生他的氣，因為無法靠著替他辯護擦亮招牌。

程序進行到犯罪現場重建。好奇的民眾被憲兵隔在一定距離以外。當他在戒護人員包圍下抵達現場時，群眾紛紛對他發出噓聲。他腳步虛浮，口中無力地抗議著：「我向你們發誓，我連要來馬爾利得走馬佑門（Porte Maillot）都不知道。」

他們將他的雨衣遞給他。他們將左輪手槍塞進他掌中。

「請吧……」

他們把他推上他的車，又把他拖下來；他的頭快炸開了。他得往前走幾步。

「那裡，這裡……開槍……開槍啊！」

他照做……把槍指著他的正前方……

「現在，轉過去開始跑……停！就在這個位置，子彈的衝擊力讓您停下來……」

「可是根本沒有什麼衝擊力……子彈最多是擦過……」

他們針對這點爭論不休。他有停下來？沒有停下來？有人暗示，說不定第一個開槍的是被害人。不太可能。如果是那樣，他為什麼要在這個地方，手上拿著一把手槍？現在，看起來應該是做丈夫的跳到他身上。扮演丈夫的人假裝跟朱利安打起來。他的手緊緊抓住雨衣上的一顆扣子——不見的那顆，這整個過程就像一場懲罰遊戲——此時法官向他叫道：「庫爾托瓦，您不開槍在等什麼？」

他已經暈頭轉向，只好像小朋友一樣，閉起嘴唇發出幾聲「砰！砰！」。人群中爆出一聲怒吼。一名警衛用力關上旅行拖車的門。他大吼大叫、倒在地上、滾來滾去，陷入歇斯底里的狀態，唯有讓他的神經放鬆才能放鬆身體，解決問題，周圍的人見狀卻誤會了：「是癲癇發作！」

「得拿個什麼東西塞在他牙齒中間，不然他會咬斷舌頭。」

一個醫生替他打了一針，他便陷入深沉的睡眠之中，不省人事……

他被帶進來，他被帶出去。究竟哪一天才會結束？

他怕門，要通過門口的時候，他會收起身子，縮成一團，伸長了手，不讓門關上的時候發出聲音。

「今天，我們要處理本案的最後一個面向。我有一個小驚喜要給您。」

又一張照片。這張照片微微觸動了他。那是一個嬌弱的年輕女孩，衣著有些古怪，像是聖傑曼德佩區的風格。他盯著那女孩看得入迷，然後想起自己牽一髮而動全身的處境，怯怯地問：「我認識她嗎？」

他們偷走了他的現在，建造了一個不屬於他的過去，扭曲了他的未來。他還有權決定自己知道什麼嗎？法官點點頭，帶著十分滿意的表情吐出這句話：「您殺了她。」

他舉起一隻手，打斷律師純理論性的、薄弱的抗辯：「待會再說，大律師。庫爾托瓦，您是否認得這名少女？我要先提醒您，有三位證人看到你們在一起。」

「這個……」

他不敢說不。他不過是最少數、最微不足道的意見，面對著全體一致、打從心底排斥他的真實世界。

「請庫爾托瓦太太進來。」

珍妮薇芙！他激動得發抖。她走進來，雙目低垂，她的哥哥扶著她，凌厲的眼神射向朱利安。他們拉住想向妻子走去的被告。珍妮薇芙以破碎的聲音向他哀求：「求求你了，朱利安，不要讓我更難為。」

她變了，不再訴諸誇張的戲劇表現。痛苦壓垮了她，使她成為一個老女人，朱利安在她身上已難以找到一絲往日風采。

「珍珍……」

她搖頭：「我已經原諒你了，可憐的朱利安，可是你給周圍的人帶來太多傷害……」

「我什麼都沒有做！什麼都沒有啊，珍珍……」

喬治照顧他妹妹坐下。法官讓人拿一杯水給她，替她做了一些心理建設之後，才將那張照片拿給她看。

「我認得她，」珍妮薇芙說：「我就是看著她坐上車的。」

「什麼車？」

「您的那輛車，庫爾托瓦，」法官精確地說。

「珍珍，請好好想想妳接下來說的話。我向妳發誓，以我們之間最神聖的……」

珍妮薇芙哭起來：「可憐的朱利安，有什麼東西對你來說是神聖的？」

她轉向法官：「當時我注意到她裙子的邊緣脫線了。」

旁邊的人還來不及拉住他，他已一躍而起，抓過他妻子手上的那張照片。一切以證據為準。確實，那條裙子下襬的邊緣脫線了。這就是證據。珍妮薇芙沒有說謊。可是……那他呢？這是什麼的證據？他表情迷茫，口齒不清地說：「這是誰？」

「是您週末的女伴啊，庫爾托瓦！」

他坐回原位，目光呆滯，手指按住太陽穴。審訊繼續進行，聲音模模糊糊的傳入他耳中。律師一度想要知道珍妮薇芙是否確定那個小姑娘坐上車的時候，朱利安真的在那輛車子裡？是的，透過車後窗，她辨認出那是他的頸部……

訊問結束。法官裝模作樣地護送珍妮薇芙到門口。朱利安只擔心一件事：

「門，要輕輕的，拜託……」

「庫爾托瓦！」律師站起來大聲說：「看在老天的分上，請您不要再演戲了，把真相說出來。」

朱利安望著他，卻沒有把他看進眼裡。他自己的妻子指控他。那一定是真的了。法官在說話，他無意聆聽。有何意義。可是他腦中突然跳出一個念頭。這位跟他一起離開的少女……她應該很清楚朱利安有沒有在她身邊，不是嗎？

「門！」他的臉亮了起來，高聲叫道：「門開了！」

他心中燃起巨大的希望。事實一拿出來，他們就不能再沒完沒了地玩下去了。

「法官大人，請您叫那位小姐來。等她看到我，就會告訴您那個人不是我！」

律師不斷用嘴唇發出啵啵啵的聲音，法官則用指頭輪番敲打著桌面。起初只是零零落落的幾聲，但聲音漸漸越來越大，變得叫人難以忍受。他費盡九牛二虎之力，不讓恐慌壓倒自己。法官承認他毅力過人：「我可以接受您之前可能不知情，但才不久前，本席已經親自告訴您，她已經被您殺害了。」

「殺害了？她死了嗎？」

他並不訝異。他早已準備好接受一切與只有他一人擁有的真相背道而馳的事情。

「她是間接被害的，這一點我可以讓步。我還不曉得您是在哪裡，又是如何認識泰蕾莎．維洛瓦（Thérésa Villois）的。還有您誘拐她的過程。您已經山窮水盡。您的金庫已經空了。您欠了您大舅子和幾個人的錢，而這些錢是從他們那裡詐騙來的……儘管如此，您還是堅持要和泰蕾莎．維洛瓦去約會。到了馬爾利，看到那對露營的夫妻，讓您想出了這個一石二鳥之計。」

「法官大人，」辯護人打斷他的話：「您的結論恐有武斷之虞。」

「會嗎，大律師？旅店老闆夫婦有個不太好的習慣，他們偶爾會在門外偷聽。您和我一樣，都知道瑪蒂德．佛雷努（Mathilde Fraignoux）聽到那對情侶在房間裡的對話內容。您的當事人長篇大論地說明外幣黑市的運作方式。他推測應該可以從卡拉錫手上拿到個二、三十萬法郎。」

「這些錢夠嗎？」

他們兩個在說什麼啊？

「是的，大律師。不幸的泰蕾莎身上懷著庫爾托瓦的骨肉。他也知情。她就是在馬爾利告訴他的。既沒錢，又害怕醜聞爆發，庫爾托瓦心生畏懼。他想替他的情婦弄到一些錢，至少夠她去做墮胎手術。這就是犯罪動機。」

不知不覺中，朱利安對這個屬於他的故事產生了興趣。他豎起耳朵——

「不幸的是，用現在流行的說法，泰蕾莎是一個相對中產階級的女孩。她愛上了艾佛列德．穆賀蘭（Alfred Mouralin），跟他同居，想跟他修成正果。過完這個悲慘的週末之後，她把一切都告訴了她的情人，這兩個可憐的年輕人便決定了結自己的生命。」

「因為我的緣故……」朱利安語氣中沒有質疑，反而是肯定。

「正是。」

法官將一隻手錶展示給他看。朱利安怯生生地伸手觸碰。是一隻真的錶。他讀著錶殼上的字：給彼得羅，你的潔梅恩……

「這隻錶屬於您的其中一位被害人。您把它搶走，再送給泰蕾莎．維洛瓦，以回報她的順從。死前，她把錶扔出窗外，因為不想留下任何她認為是人生汙點的物品。」

他歎了一口氣，替律師發表了一段評論：「又是一起被貧窮推入火坑的悲慘故事……但我們因此得以重建事實的全貌。」

朱利安發現自己輕輕晃著頭。是否最後一扇門剛剛已在他眼前關上？

在他腦中，一項工作暗中展開。他把可恥的行徑依嚴重程度做成排序。謀殺薄格利絕對比不上這駭人聽聞的多重罪行。

「我要把真相告訴你們，」他如此開頭……

他沒想到大家會靜靜聽他說。書記官握直鉛筆。律師張開了嘴，忘了闔起。法官舒舒服服靠在椅背上，帶著嘲諷的表情，彷彿他已不打算相信接下來聽到的任何一個字。

「我整個週末都待在優馬—標準大廈的電梯裡。」

正在速記他的話的鉛筆突然停住。律師闔上他的嘴，法官則離開舒適的坐姿：「您在玩弄我們嗎，庫爾托瓦？」

這麼說太過分了。朱利安站起來，高舉手臂，大聲咆哮：「我殺了薄格利！你們聽到了嗎？殺了他的人是我！因為這樣，我才會整個週末都待在電梯裡！」

他陷入狂熱狀態，不斷堆疊相互矛盾的細節。

「閉嘴！我命令您閉嘴！」

「不！讓我說！我忍不下去了！」

助手們交換了一個無奈的眼神。他被帶了出去。

回到牢房，他口述了完整的自白，然後等待著。

一吐為快之後，他幾乎感受到一種幸福的滋味。這樣一來，他又回到那些活生生的人之中，像他們一樣過著屬於自己的人生。

隔天，他昂首抬頭，再度走進法官辦公室。

「庫爾托瓦，」法官說：「您昨天為了掩蓋一樁罪行而弔詭地說出另一樁罪行，那顯然是過度活躍的想像力下的產物，和您日復一日閱讀報紙脫不了關係，不然就是您渴望自己被定罪的原因是一樁沒那麼卑劣的殺人行為，而不是現在被起訴的這一件。」

這番話似乎說得讓他自己非常滿意，他踱著步，手指勾在西裝背心的袖洞裡。朱利安則還沒有完全進入狀況。

「然而，司法樂意傾聽您的聲音，只要您願意為您的陳述提供一丁點的間接證據。」

「沒有那種東西，法官大人。我全都清理得乾乾淨淨，一點不留，因為我當時不知道有人會把罪推到我身……」

法官不讓他把話說完。他轉向辯護人：「大律師，您被說服了嗎？」

「可是，」朱利安十分驚訝：「我都自己承認了！」

律師一臉掙扎。

「請讓我的當事人把話說完……」

「請便吧！」法官帶著惱怒的表情回答：「不過我們手上的所有證據都指向庫爾托瓦就是馬爾利謀殺案的元凶！」

他一臉不悅，用力關上抽屜。朱利安用手捂住耳朵，哀求道：「不要摔門！我別無所求，只求你們不要摔門！」

法官比了一個厭煩的手勢，驅散這如同被宰殺的動物所發出的哀嚎：「拜託您，不要又假裝精神錯亂。精神鑑定結果已經確認您有百分之百的責任能力。我能接受電梯這項新發現。嚴格來說這是可能的。我們已經確認過。可惜的是，在實際操作上不太可能是真的，尤其是對照我們所收集的證詞……」

律師彎下身體，以極其溫和的語氣向朱利安說：「您宣稱被您殺害的那位薄格利，他已經自殺了，庫爾托瓦。我把卷宗裡裡外外都翻了個透。如果您能直接給我指個方向，讓我知道該怎麼走就好了。」

朱利安試著集中精神，卻做不到。

律師再度開口：「法官大人，儘管如此，我們還是不能排除那項事實，亦即薄格利自殺的鐵證，一定會出現的遺書，寫著：我已經不想活了云云……，這封遺書並沒有出現。」

「就這一點我可以讓步，」法官平靜地回覆。

辯護人轉向朱利安，發出一聲既滿意又帶著鼓勵意味的「啊！」。辯護人也很高興。這輛失速列車終於回到正軌。這一點是有利的……

「就這一點我可以讓步，不過有一個前提。前提是庫爾托瓦放棄那個電梯的傳奇故事。如果能夠做到，我就願意接受庫爾托瓦謀殺了薄格利，再偽裝成自殺……是這樣吧，庫爾托瓦？」

他點了好幾下頭。法官微笑：「然後他還不滿足，嗜血的渴望怎麼樣也無法平息，於是又動身前往馬爾利。如果這就是您要的，本席完全不介意在我的卷宗裡加上一條謀殺地下金融業者的罪狀。」

「可是還有電梯啊，法官大人，」庫爾托瓦苦苦哀求。

「荒謬！什麼電梯那一套，全是幻想。薄格利的死亡時間，解剖結果已判定是在下午五點半到六點半之間，毫無可疑之處。您的祕書提供的證詞，庫爾托瓦，也毫無模糊之處：在那段時間您並沒有離開過辦公室。」

「等一下……等一下……我得好好想想。」

「沒錯，」法官同意：「好好想想吧。下次您或許可以想出更好的說詞。」

他站起來：「只不過沒下次了！」

他舉起手在胸前一揮，彷彿一把鍘刀落在「沒」這個字上。

朱利安．庫爾托瓦感受到一種奇異的平靜，就像一個人面對著不可抗的災難，最終只能接受。所有的門無一例外，全都關上了。再也不會有任何事需要擔心害怕了。一語不發，不疾不徐，為了證明自己不再懼怕這一切，他走到辦公室門口，把門打開，再用力甩上。可是他的身體還是忍不住縮了一下。

「法官大人，」他以黯淡的聲音表示：「結束了。什麼也沒有了。我覺得，我已經不曉得誰，是您還是我，說的才是對的。重要的是，我已經沒有明天了。想起來有種安心的感覺。就好像用現金交易的買賣一樣。您懂不懂……我們希望著、希望著……然後……」

他慘然一笑。

「希望，是貸款。失望，是付現。」

〔fps〕004

通往死刑台的電梯

Ascenseur pour L'échafaud

作者　諾艾爾・卡列夫 Noël Calef
譯者　陳郁雯
副總編輯　洪源鴻
企劃選書　董秉哲
責任編輯　董秉哲
封面設計　萬亞雰
版面構成　adj. 形容詞
文字校對　賴凱俐
行銷企劃　二十張出版

出版　二十張出版 — 遠足文化事業股份有限公司
發行　遠足文化事業股份有限公司（讀書共和國出版集團）
地址　新北市新店區民權路108之3號3樓
電話　02・2218・1417
傳真　02・2218・8057
客服專線　0800・221・029
信箱　akker2022@gmail.com
Facebook　facebook.com/akker.fans
法律顧問　華洋法律事務所 — 蘇文生律師

製版　東豪印刷事業有限公司
印刷　承傑印刷事業有限公司
裝訂　智盛裝訂股份有限公司

出版　二〇二四年十一月 — 初版一刷
定價　四〇〇元

ISBN — 978・626・7445・55・6（精裝）、978・626・7445・53・2 (ePub)、978・626・7445・52・5 (PDF)

國家圖書館出版品預行編目（CIP）資料：通往死刑台的電梯／諾艾爾・卡列夫（Noël Calef）著
陳郁雯 譯 — 初版 — 新北市：二十張出版 — 遠足文化事業股份有限公司
2024.11 320面 12.8 × 18公分. ISBN：978・626・7445・55・6（精裝） 876.57 113012865